Ambrose Bierce gilt mit seinen gruseligen und alptraumhaften Erzählungen neben Edgar Allan Poe als Begründer der Horror- und Schauergeschichte. Mit schwarzem Humor, einem genauen und entlarvenden Blick für die menschlichen Eigenheiten, teilweise grotesken und überraschenden Pointen faszinieren seine Kurzgeschichten bis heute – und dienten als Vorbild für zahlreiche Autoren und Künstler, von Ernest Hemingway bis Steven Spielberg.

Ambrose Bierce wurde 1842 in Ohio geboren und arbeitete nach seiner Zeit als Soldat im Amerikanischen Bürgerkrieg als Journalist. Berühmt wurde er durch seine meisterhaften Kurzgeschichten und Erzählungen. Er ging 1913 nach Mexiko, wo er unter rätselhaften Umständen spurlos verschwand.

insel taschenbuch 4285

Ambrose Bierce

Horrorgeschichten

Ambrose Bierce
Horrorgeschichten

Insel Verlag

2. Auflage 2021

Erste Auflage 2014
insel taschenbuch 4285
Originalausgabe

Hinweise zu dieser Ausgabe am Schluß des Bandes
Vertrieb durch den Suhrkamp Taschenbuch Verlag
Umschlaggestaltung: Rothfos & Gabler, Hamburg
Satz: Satz-Offizin Hümmer GmbH, Waldbüttelbrunn
Druck: CPI books GmbH, Leck
Printed in Germany
ISBN 978-3-458-35985-2

Inhalt

Eine Straße im Mondschein

1. Bericht des Joel Hetman junior

Ich bin der unglücklichste aller Menschen. Wohlhabend, angesehen, von guter Bildung, gesund, und mit noch manchen anderen Vorzügen versehen, die von denen, die sie besitzen, gering geachtet, von denen aber, die sie nicht besitzen, heiß begehrt werden, denke ich manchmal, daß ich weniger unglücklich wäre, wenn ich all diese Vorzüge nicht besäße. Dann könnte sich jedenfalls der Kontrast zwischen meinen äußeren Umständen und meinem Innenleben nicht ständig so qualvoll bemerkbar machen. Unter der Belastung von Entbehrungen und notwendigen Mühen würde ich vielleicht manchmal das dunkle Geheimnis vergessen, das allen Versuchen, es aufzuklären, nur spottet.

Ich bin das einzige Kind von Joel und Julia Hetman. Der erstere war ein wohlhabender Farmer, die zweite eine schöne und vollkommene Frau, der er mit leidenschaftlicher, aber, wie ich jetzt weiß, auch eifersüchtiger und anspruchsvoller Liebe zugetan war. Das Heim meiner Familie lag ein paar Meilen vor Nashville in Tennessee und war ein großes, unregelmäßiges Gebäude, das keiner bestimmten Stilrichtung der Architektur angehörte. Ein wenig abseits der Straße lag es in einem Park voller Bäume und Büsche.

Zu der Zeit, von der ich hier berichte, war ich neunzehn Jahre alt und Student an der Yale-Universität. Eines Tages erhielt ich von meinem Vater ein so dringliches Telegramm, daß ich, um seinen nicht näher begründeten Wunsch zu erfüllen, sofort heimreiste. Am Bahnhof von Nashville erwartete mich ein entfernter Verwandter und nannte mir den Grund für meine Abberufung: Meine Mutter war barbarisch ermordet worden. Weshalb und von wem, wußte niemand; die Umstände jedoch waren wie folgt:

Mein Vater war eines Tages nach Nashville gegangen mit der Absicht, am nächsten Nachmittag zurückzukehren. Irgend etwas ließ ihn sein damaliges Geschäft nicht zu Ende führen, und so wanderte er noch in der gleichen Nacht zurück und kam kurz vor der Morgendämmerung an. Bei seiner Aussage vor dem Leichenbeschauer gab er an, er habe keinen Hausschlüssel gehabt, und da er die schlafende Dienerschaft nicht habe wecken wollen, sei er ohne klar zu bestimmende Absicht um das Haus herum zu dessen Rückseite gegangen. Als er um eine Ecke des Gebäudes bog, hörte er ein Geräusch, als ob eine Tür leise geschlossen würde, und sah undeutlich in der Dunkelheit die Gestalt eines Mannes, der sofort zwischen den Bäumen des Parks verschwand. Eine rasche Verfolgung und kurze Suche – in der Annahme, daß der Eindringling eine Dienerin heimlich besucht habe – blieben erfolglos. So trat mein Vater zu der unverschlossenen Tür ein und stieg die Treppe zu meiner Mutter Zimmer empor. Dessen Tür stand offen, und als mein Vater in die schwarze Dunkelheit trat, stürzte er der Länge lang über einen schweren Gegenstand auf den Fußboden. Ich darf mir die Einzelheiten hier ersparen; es handelte sich um meine arme Mutter, die durch menschliche Hände erwürgt worden war!

Im Hause fehlte nichts; die Diener hatten kein Geräusch gehört, und mit Ausnahme jener schrecklichen Fingerspuren an der Kehle seiner toten Frau – mein Gott! daß ich sie doch vergessen könnte! – wurde niemals mehr eine Spur von dem Mörder gefunden.

Ich gab mein Studium auf und blieb bei meinem Vater, der sich natürlich sehr veränderte. Schon immer von gesetztem und schweigsamem Charakter, verfiel er jetzt einer so tiefen Niedergeschlagenheit, daß nichts mehr seine Aufmerksamkeit auf längere Zeit fesseln konnte, dagegen alles – ein Schritt, das plötzliche Schließen der Tür – in ihm ein jähes krampfartiges Interesse erweckte. Man hätte diesen Zug fast Angst nennen können. Bei jeder kleinen Überraschung der Sinne fuhr er sichtlich zusammen und wurde oft bleich; und danach verfiel er wieder in seine melancholische Gleichgültigkeit, die tiefer war als vorher. Ich meine, er war einfach ein Nervenwrack. Was mich angeht, so war ich damals jünger als jetzt – und damit ist alles gesagt. Jugend bedeutet *Gilead*, wo Balsam für jede Wunde fließt. Oh, daß ich doch noch einmal in jenem gelobten Land wandeln könnte! Mit dem Leid noch unbekannt, wußte ich nicht, wie ich meinen Verlust bewerten mußte; die Stärke des Schlages konnte ich nicht richtig einschätzen.

Eines Nachts, einige Monate nach jenem schrecklichen Ereignis, gingen mein Vater und ich von der Stadt her nach Hause. Der volle Mond stand seit drei Stunden über dem östlichen Horizont; und über der ganzen Landschaft lag die feierliche Stille einer Sommernacht. Unsere Schritte und das nicht endenwollende Lied der Grillen waren die einzigen Laute. Die schwarzen Schatten der Bäume am Straßenrand lagen quer über der Straße, die in den kurzen Strecken dazwischen geisterhaft weiß schimmerte. Als wir das Tor zu unserem Anwesen erreichten, das ganz im Schatten lag und in dem kein Licht leuchtete, blieb mein Vater plötzlich stehen, packte mich am Arm und sagte kaum vernehmbar:

»Gott! Gott! Was ist das?«

»Ich höre nichts«, erwiderte ich.

»Aber sieh! Sieh doch!« sagte er und wies auf die Straße vor uns.

Ich sagte: »Da ist nichts. Komm, Vater, laß uns hineingehen – du bist krank.«

Er hatte meinen Arm wieder losgelassen und stand starr und bewegungslos in der Mitte der vom Mond beschienenen Straße. Er starrte vor sich hin wie einer, der seiner Sinne beraubt ist. Sein Gesicht zeigte in dem Mondlicht eine unsagbar qualvolle Blässe und Starre. Ich zog sanft an seinem Ärmel, aber er hatte meine Anwesenheit vergessen. Langsam begann er rückwärts zu gehen, Schritt um Schritt, und wandte seine Blicke nicht für eine Sekunde von dem ab, was er sah – oder zu sehen glaubte. Ich drehte mich halb um und wollte ihm folgen, blieb aber unentschlossen stehen. Ich kann mich dabei nicht an ein Gefühl der Furcht erinnern, falls nicht ein plötzlicher Schauder dessen physische Bekundung war. Mir schien, als ob ein eisiger Wind mein Gesicht gestreift und meinen Körper von Kopf bis Fuß eingehüllt hätte; ich konnte seine Bewegung sogar in meinem Haar spüren.

In diesem Augenblick wurde meine Aufmerksamkeit von einem Licht, das plötzlich aus einem oberen Fenster unseres Hauses fiel, abgelenkt. Eine Dienerin war durch was auch immer für eine mysteriöse Vorahnung des Bösen geweckt worden, und einem Drang gehorchend, den sie niemals mehr erklären konnte, hatte sie eine Lampe angezündet. Als ich mich umdrehte, um nach meinem Vater zu sehen, war er verschwunden, und in all den Jahren, die seitdem vergingen, drang über die Grenze der Mutmaßung aus dem Reich des Unbekannten kein Geflüster über sein Schicksal.

2. Bericht des Caspar Grattan

Heute hält man mich noch für lebendig: morgen wird hier in diesem Zimmer ein fühlloser Lehmklumpen liegen, der nur zu lange ich war. Falls irgend jemand das Tuch vom Gesicht dieses unschönen Gegenstandes heben wird, so nur um einer krankhaften Neugier willen. Einige werden zweifellos noch weitergehen und fragen: »Wer war er?« In diesem Bericht gebe ich die Antwort, die zu geben ich fähig bin – Caspar Grattan. Sicher sollte das genügen. Dieser Name hat meinen geringen Bedürfnissen während mehr als zwanzig Jahren eines Lebens von unbekannter Länge gedient. Es ist wahr, ich gab ihn mir selbst, aber da ich keinen anderen besaß, hatte ich das Recht dazu. In dieser Welt muß man einen Namen haben; er verhindert Unklarheiten, selbst wenn er keine Identität begründet. Manche Menschen sind nur durch Zahlen bezeichnet, was ebenfalls eine unzureichende Unterscheidung zu sein scheint.

Eines Tages ging ich zum Beispiel eine Straße in einer weit von hier entfernten Stadt entlang, als ich zwei Männern in Uniform begegnete, von denen einer kurz stehenblieb, mir neugierig ins Gesicht blickte und zu seinem Begleiter sagte: »Dieser Mann sieht aus wie 767.« Etwas an dieser Zahl kam mir vertraut und entsetzlich vor. Durch einen unbeherrschbaren Impuls gedrängt, sprang ich in eine Seitenstraße und rannte davon, bis ich auf einem Feldweg erschöpft niederfiel.

Niemals wieder habe ich diese Zahl vergessen, und immer, wenn sie mir ins Gedächtnis kommt, wird sie begleitet von der Erinnerung an durcheinandergeredete Zoten, dröhnendes, freudloses Gelächter und das Schmettern von Eisentüren. So sage ich denn, daß ein Name, auch ein selbstgewählter, besser ist als eine Zahl. Im Register des Urnenfeldes werde ich bald beides haben. Was für ein Reichtum!

Denjenigen, der diese Aufzeichnung findet, muß ich um Nachsicht bitten. Es handelt sich nicht um die Geschichte meines Lebens; das Wissen, um diese niederzuschreiben, ist mir versagt. Dies ist nur ein Bericht von einzelnen und anscheinend unzusammenhängenden Erinnerungen, von denen einige so klar einander folgen wie Brillantperlen auf einem Faden; andere aber sind weit zurückliegend und merkwürdig und erscheinen wie rote Träume mit leeren und schwarzen Zwischenräumen – wie Hexenfeuer, die still und rot in einer weiten Einöde glühen.

Während ich am Ufer der Ewigkeit stehe, wende ich mich um zu meinem letzten Blick landeinwärts auf den Weg, den ich bis hierher ging. Hinter mir liegen zwanzig Jahre mit deutlich erkennbaren Fußabdrücken – den Abdrücken blutender Füße. Die Spuren führen durch Armut und Qual, sind taumelig und unsicher wie von einem, der unter einer schweren Last dahinwankt – vereinsamt, freudlos, melancholisch, langsam.

Oh, diese dichterische Prophezeiung meines Daseins – wie bewundernswert, wie gräßlich bewundernswert!

Weiter zurück, vor dem Anfang dieser Via Dolorosa – dieses Epos des Leidens voller Episoden der Sünde – sehe ich nichts mehr klar; mein Weg kommt aus einer Wolke heraus. Ich weiß, daß er nur zwanzig Jahre durchläuft, und doch bin ich ein alter Mann.

Man erinnert sich nicht an seine Geburt; es muß einem davon erzählt werden. Mit mir aber war es anders; das Leben kam zu mir mit vollen Händen und stattete mich gleich von Anbeginn mit all meinen Fähigkeiten und Kräften aus.

Von einer früheren Existenz weiß ich nicht mehr als andere, denn alle besitzen nur stammelnde Andeutungen, die Erinnerungen und vielleicht auch Träume sein mögen. Ich weiß nur, daß mein erstes Bewußtwerden ohne Überraschung oder Mutmaßungen aufgenommen wurde. Ich fand mich einfach in einem Wald laufen, nur halb angezogen, fußkrank, unaussprechlich müde und hungrig. Als ich ein Farmhaus erblickte, trat ich näher und bat um Essen, das mir von einem Mann gegeben wurde, der nach meinem Namen fragte. Ich kannte ihn selbst nicht, wußte aber, daß alle Menschen Namen hatten. Sehr verwirrt zog ich mich zurück, und da die Nacht hereinbrach, legte ich mich im Wald nieder und schlief.

Am nächsten Tag kam ich in eine große Stadt, deren Namen ich nicht nennen werde. Auch will ich weitere Einzelheiten dieses Lebens, das jetzt enden soll, nicht aufzählen. Es war ein Wanderleben, auf dem mich immer und überall das mächtige Bewußtsein von einem als Strafe für ein Unrecht begangenen Verbrechen und einem Schrecken als Strafe für dieses Verbrechen verfolgte. Ich will sehen, ob ich das in einen Bericht fassen kann.

Mir scheint, als ob ich einst in der Nähe einer großen Stadt gelebt hätte, wo ich ein wohlhabender Pflanzer und mit einer Frau verheiratet war, die ich liebte, der ich aber mißtraute. Wir hatten, so scheint es mir manchmal, ein Kind, einen vielversprechenden jungen Mann mit glänzenden Gaben. Er bleibt stets eine vage Gestalt, ist nie klar umrissen, sondern verschwindet häufig ganz aus dem Bild.

Eines unglücklichen Abends kam es mir in den Sinn, die Treue meiner Frau in einer vulgären und gewöhnlichen Weise, die jedem vertraut ist, der Tatsachenliteratur und Dichtung kennt, zu prüfen. Ich begab mich in die Stadt und sagte meiner Frau, daß ich bis zum nächsten Nachmittag abwesend sein würde. Ich kehrte jedoch noch vor Tagesanbruch zurück und ging zur Rückseite des Hauses, um dort durch eine Tür einzutreten, die ich insgeheim so hergerichtet hatte, daß sie verschlossen zu sein schien, es aber nicht wirklich war. Als ich mich dieser Tür näherte, hörte ich, wie sie leise geöffnet und geschlossen wurde, und ich sah einen Mann sich in die Dunkelheit davonstehlen. Mit Mordgedanken im Herzen sprang ich ihm nach, aber er war verschwunden, ohne auch nur das Pech gehabt zu haben, von mir erkannt worden zu sein. Heute kann ich mich manchmal nicht einmal mehr dazu überreden, daß es ein menschliches Wesen war.

Verrückt vor Eifersucht und Wut, blind und bestialisch in all den elementaren Leidenschaften beleidigter Männlichkeit, drang ich in das Haus ein und sprang die Treppe empor zum Zimmer meiner Frau. Die Tür war verschlossen, aber da ich auch ihr Schloß präpariert hatte, drang ich leicht ein und stand trotz der schwarzen Dunkelheit sofort neben dem Bett meiner Frau. Meine tastenden Hände sagten mir, daß das Bett zwar zerwühlt, aber leer sei.

»Sie ist unten«, dachte ich, »und durch mein Eindringen erschreckt, ist sie mir in der Dunkelheit der Halle ausgewichen!«

Mit der Absicht, sie zu suchen, drehte ich mich um und wollte das Zimmer verlassen, nahm aber eine falsche Richtung – die richtige! – und stieß mit dem Fuß gegen die Frau, die in einer Ecke des Zimmers kauerte. Sofort waren meine Hände an ihrer Kehle und erstickten einen Schrei. Meine Knie drückten auf ihren kämpfenden Körper, und dort in der Dunkelheit, ohne ein Wort der Anklage oder des Vorwurfs, würgte ich sie, bis sie tot war!

Damit endet mein Traum. Ich habe ihn in der Vergangenheit erzählt, aber die Gegenwartsform würde ihm mehr entsprechen, denn immer und immer wieder von neuem findet diese düstere Tragödie in meinem Bewußtsein statt. Hin und her überlege ich meinen Plan, erleide die Bestätigung meines Mißtrauens und vergelte das Unrecht. Dann aber ist alles leer, und später schlägt der Regen gegen die schmutzigen Fenster, oder der Schnee fällt auf meine armselige Kleidung, Räder rattern in den schmutzigen Straßen, wo mein Leben in Armut und mit gemeinen Arbeiten dahinläuft. Wenn da jemals Sonnenschein war, so erinnere ich mich dessen nicht mehr; wenn es Vögel gegeben hat, so sangen sie mir nicht.

Dann habe ich noch einen anderen Traum, eine andere Vision von einer Nacht. Ich stehe im Schatten neben einer mondlichtbeschienenen Straße. Ich bin mir der Anwesenheit eines anderen Menschen bewußt, aber wer das ist, kann ich nicht recht erkennen. Im Schatten eines großen Gebäudes entdecke ich das Schimmern weißer Gewänder; dann steht die Gestalt einer Frau vor mir auf der Straße – meine ermordete Frau! Tod steht in ihrem Antlitz; an ihrer Kehle sind Würgemale. Die Augen hat sie mit unendlichem Ernst, der weder Vorwurf noch Haß oder Drohung, noch irgend etwas anderes, weniger Schrecklicheres als nur Erkennen ist, auf mich gerichtet.

Vor dieser furchtbaren Erscheinung ziehe ich mich voller Entsetzen zurück – einem Entsetzen, das noch beim Schreiben auf mir lastet.

Ich kann nicht länger die Worte formen! Da! Sie …

Jetzt bin ich wieder ruhig, aber es gibt nun nichts mehr zu berichten: Der Vorfall endet, wo er begann – in Dunkelheit und Zweifel.

Ja, ich habe wieder die Herrschaft über mich selbst gewonnen, bin wieder der »Kapitän meiner Seele«. Aber das bedeutet keinen Aufschub; es ist nur ein anderes Stadium und eine andere Phase der Sühne. Meine Buße, die im Grad unveränderlich bleibt, ändert sich jedoch in der Art: Eine ihrer Varianten ist die Ruhe. Letztlich handelt es sich nur um ein lebenslängliches Urteil. »Auf Lebenszeit in die Hölle« – das wäre freilich eine törichte Strafe, denn der Angeklagte kann ihre Dauer selbst wählen. Heute geht meine Frist zu Ende.

Jedem und allen wünsche ich den Frieden, den ich nicht kannte.

3. Bericht der verstorbenen Julia Hetman, durch das Medium Bayrolles abgegeben

Ich hatte mich frühzeitig zurückgezogen und war fast augenblicklich in einen friedlichen Schlummer gefallen, aus dem ich mit jenem unbestimmbaren Gefühl der Gefahr erwachte, das, wie ich glaube, in jenem anderen, früheren Leben eine allgemeine Erfahrung ist. Von der Bedeutungslosigkeit dieses Gefühls war ich zwar völlig überzeugt, aber dadurch bannte ich es nicht. Mein Mann, Joel Hetman, war fort; die Dienerschaft schlief in einem anderen Teil des Hauses. Dies waren jedoch vertraute Bedingungen, die mich niemals vorher beunruhigt hatten. Trotz allem steigerte sich die seltsame Furcht zu so unerträglichem Ausmaß, daß sie mein Zögern besiegte, ich mich aufrichtete und die Lampe neben meinem Bett anzündete. Im Gegensatz zu meiner Erwartung verschaffte mir das keine Erleichterung; das Licht wirkte eher wie eine zusätzliche Gefahr, denn ich überlegte mir, daß es unter der Tür hervorscheinen und meine Anwesenheit dem Bösen, was auch immer draußen schleichen möchte, verraten würde. Ihr, die ihr noch im Fleisch wandelt und den Schrecken der Einbildungskraft unterworfen seid, stellt euch vor, wie entsetzlich eine Furcht sein muß, die Sicherheit vor den bösen Dingen der Nacht in der Dunkelheit sucht! Das bedeutet, nahe an einen unsichtbaren Feind heranzuspringen, und ist die Strategie der Verzweiflung!

Ich löschte also die Lampe wieder, zog die Bettdecke über den Kopf und lag zitternd und schweigend da, unfähig zu schreien und das Beten vergessend. In diesem erbarmungswürdigen Zustand muß ich stundenlang, wie ihr es nennt, gelegen haben. Für uns freilich gibt es keine Stunden, keine Zeit.

Endlich kam es – ein leises, unregelmäßiges Geräusch von Schritten auf der Treppe! Sie waren langsam, zögernd, unsicher, wie von jemandem, der den Weg nicht sehen kann; meinem verwirrten Verstand erschien das nur um so entsetzlicher, da es sich um die Annäherung irgendeines blinden und seelenlosen Unheils handeln mußte, mit dem man nicht verhandeln konnte. Ich glaubte sogar, daß ich die Lampe in der Halle brennen gelassen hätte und das Tappen dieser Kreatur also bewies, daß es sich um ein Monstrum der Nacht handeln müßte. Dies war töricht und mit meiner vorigen Furcht vor dem Licht unvereinbar, aber was will man machen? Die Furcht hat keinen Verstand, sie ist ein Narr. Das düstere Zeugnis, das sie ablegt, und der feige Rat, den sie einflüstert, stehen in keinem Zusammenhang. Wir wissen dies wohl, wir, die wir in das Reich des Schreckens eingegangen sind und in ewiger Dämmerung durch die Szenerie unseres früheren Lebens schleichen, unsichtbar selbst untereinander und doch uns an einsamen Orten versteckend; nach Rede mit unseren Lieben verlangend und doch stumm und vor ihnen so viel Angst empfindend wie sie vor uns. Manchmal allerdings wird unser Unvermögen beseitigt und das Gesetz aufgehoben: Durch die Mächte der Liebe oder des Hasses, die den Tod nicht kennen, brechen wir den Zwang und werden von denen gesehen, die wir warnen, trösten oder strafen wollen. Welche Gestalt wir für sie zu haben scheinen, wissen wir nicht; wir wissen nur, daß wir selbst jene erschrecken, die wir am meisten zu trösten wünschen und von denen wir am meisten Zärtlichkeit und Mitgefühl ersehnen.

Vergebt, ich bitte euch, einer, die einmal eine Frau war, diese inkonsequente Abschweifung. Ihr, die ihr uns auf diese unvollkommene Weise befragt – ihr versteht nichts. Ihr stellt törichte Fragen über unbekannte oder verbotene Dinge. Vieles, was wir wissen und in unserer Sprache mitteilen könnten, ist bedeutungslos in eurer Sprache. Wir müssen uns mit euch durch einen stammelnden Geist in Verbindung setzen und durch jene kleinen Bruchstücke unserer Sprache, die auch ihr verstehen könnt. Ihr glaubt, wir seien von einer anderen Welt. Nein, wir haben Kenntnis von keiner anderen Welt als der euren, obwohl sie für uns kein Sonnenlicht, keine Wärme, keine Musik, kein Lachen, kein Vogelsingen noch irgendeine Gesellschaft mehr birgt. O Gott! Was bedeutet es alles, ein Geist zu sein, zitternd und geduckt in einer veränderten Welt zu wandeln, eine Beute von Sorge und Verzweiflung!

Nein, ich starb nicht vor Furcht: Das Ding drehte um und ging davon. Ich hörte es die Treppen hinuntersteigen, sehr eilig, wie mir schien, als ob es selbst von plötzlicher Furcht erfaßt worden sei. Dann stand ich auf, um nach Hilfe zu rufen. Kaum hatte meine zitternde Hand den Türknauf gefunden, als ich – gnädiger Himmel! – es zurückkommen hörte. Seine Schritte, als es die Treppe heraufstieg, waren jetzt schnell, schwer und laut; sie erschütterten das Haus. Ich floh in eine Ecke des Zimmers und sank auf den Fußboden. Ich versuchte zu beten, versuchte auch den Namen meines geliebten Mannes zu rufen. Dann hörte ich, wie die Tür aufgerissen wurde. Es trat eine Pause der Bewußtlosigkeit ein, und als ich wieder zu mir kam, fühlte ich einen würgenden Griff an meiner Kehle, fühlte, wie meine Arme schwächlich gegen etwas schlugen, das mich rückwärts trug, fühlte meine Zunge sich zwischen den Zähnen vorschieben! Und dann glitt ich in dieses andere Leben hinüber.

Nein, ich habe keine Kenntnis davon, wer es war. Die Summe dessen, was wir bei unserem Tod wissen, ist auch das Maß dessen, was wir später von all dem wissen, das vor sich ging. Von der früheren Existenz kennen wir vieles, aber kein neues Licht fällt auf irgendeine ihrer Seiten; ins Gedächtnis eingeschrieben ist alles, was wir lesen können. Hier gibt es keine Höhen der Wahrheit, von denen man die wirre Landschaft jenes zweifelhaften Reiches überschauen könnte. Wir leben noch immer im Tal der Schatten, schleichen auf seinen trostlosen Plätzen umher, spähen durch Sträucher und Dikkichte auf seine verrückten, boshaften Bewohner. Wie sollten wir neue Kenntnisse über jene verblassende Vergangenheit haben?

Was ich jetzt berichte, geschah während einer Nacht. Wir wissen, wann es Nacht ist, denn dann kehrt ihr in eure Häuser zurück, und wir können uns furchtlos aus unseren Verstecken zu unseren alten Heimen wagen, zu den Fenstern hineinblicken, selbst eintreten und auf eure Gesichter blicken, während ihr schlaft. Ich hatte mich lange in der Nähe des Gebäudes aufgehalten, wo ich so grausam zu dem gemacht wurde, was ich jetzt bin. Ich tat das, was wir häufig tun, wenn jemand, den wir lieben oder hassen, zurückgeblieben ist. Vergebens hatte ich nach einer Methode gesucht, mich bemerkbar zu machen, oder nach einem Weg, meinem Mann und meinem Sohn meine fortdauernde Existenz, meine große Liebe und mein nagendes Mitleid mitzuteilen. Immer, wenn sie schliefen, erwachten sie zu früh, oder wenn ich es in meiner Verzweiflung wagte, mich ihnen während des Wachseins zu nähern, richteten sie die schrecklichen Augen der Lebenden auf mich und entsetzten mich durch jene Blicke, die ich doch nur gesucht hatte.

Während jener Nacht sah ich mich ergebnislos nach ihnen um, fürchtete aber zugleich, sie zu finden. Sie waren nirgends im Haus, auch nicht im mondlichtübergossenen Park. Obwohl uns die Sonne für immer untergegangen ist, bleibt uns doch der Mond, ob nun voll oder als Sichel. Manchmal leuchtet er bei Nacht, manchmal bei Tag, aber immer geht er auf und unter wie in jenem anderen Leben.

Ich verließ den Park und trat ziellos und trauernd in das weiße Licht und das Schweigen auf der Straße. Plötzlich hörte ich die Stimme meines armen Mannes. Er schrie vor jähem Erstaunen, worauf ihm mein Sohn beruhigend und überredend antwortete, und da, im Schatten einer Baumgruppe, standen sie – nah, so nah! Ihre Gesichter waren mir zugewandt, die Augen des älteren Mannes auf mich gerichtet. Er sah mich – endlich, endlich sah er mich! Während mir das bewußt wurde, wich aller Schrecken von mir wie ein böser Traum. Der Todeszwang war gebrochen: Liebe hatte das Gesetz bezwungen! Verrückt vor Freude schrie ich – ich muß geschrien haben: »Er sieht mich, er sieht mich; er wird mich verstehen!« Dann faßte ich mich wieder, trat lächelnd und meiner Schönheit bewußt vor, um mich seinen Armen hinzugeben, ihn mit

Zärtlichkeiten zu trösten und, mit meines Sohnes Hand in der meinigen, Worte zu sprechen, die das zerrissene Band zwischen den Lebenden und den Toten wieder knüpfen sollten.

Aber oh, oh! Sein Gesicht wurde weiß vor Furcht, seine Augen starrten wie die eines gehetzten Tieres. Er wich vor mir zurück, während ich vortrat, und zuletzt drehte er sich um und floh in den Wald – wohin, das zu wissen ist mir nicht gegeben.

Meinen armen Jungen, der doppelt verzweifelt zurückblieb, habe ich niemals meine Anwesenheit spüren lassen können. Bald wird auch er in dieses unsichtbare Leben überwechseln und auf ewig für mich verloren sein.

Die Brücke über den Eulenfluß

I

Ein Mann stand auf einer Eisenbahnbrücke in Nord-Alabama und sah auf das Wasser hinunter, das zwanzig Fuß unter ihm hastig dahinfloß. Des Mannes Hände waren auf seinem Rükken an den Gelenken mit einer Schnur zusammengeknüpft. Um seinen Hals lag lose ein Strick, der mit einem kräftigen Querbalken über seinem Kopf verbunden war, das freie Ende hing ihm bis zu den Knien hinunter. Ein paar Bretter, die lokker über die Schwellen gelegt waren, welche die Gleise der Eisenbahn stützten, bildeten die Plattform für ihn und seine Henker – zwei Gemeine der Unionsarmee und ein Sergeant, der im Zivilberuf Stellvertreter eines Sheriffs sein mochte. Einen Schritt weiter weg stand auf derselben improvisierten Plattform ein Offizier, bewaffnet und in der Uniform seines militärischen Ranges. Er war Hauptmann. An beiden Enden der Brücke war je ein Posten, das Gewehr in ›Habtacht‹-Stellung haltend, das heißt vertikal vor der linken Schulter, den Hahn am Unterarm, der quer über der Brust liegt – eine steife und unnatürliche Stellung, die eine gestreckt aufrechte Körperhaltung erfordert. Zu wissen, was auf der Mitte der Brükke vorging, schien nicht die Pflicht dieser beiden Männer zu sein, sie blockierten lediglich die beiden Enden des Gehsteigs, der über die Brücke führte.

Jenseits des einen Postens war nichts zu sehen, die Schienen liefen geradeaus in ein Wäldchen hinein, beschrieben nach hundert Metern eine Kurve und kamen außer Sicht. Zweifellos war aber weiter weg ein Vorposten. Am anderen Flußufer war offenes Feld, ein sanfter Hang, gekrönt von einem Palisadenwerk aus senkrecht aufgestellten Baumstämmen, mit Spalten für die Flinten und mit einer Schießscharte, durch die die Mündung einer Messingkanone hervorragte, welche die Brücke beherrschte. In der Mitte des Abhangs, zwischen Brücke und Befestigungsanlage, befanden sich die Beobachter, eine einzelne Infanteriekompanie, in Formation unter dem Kommando ›Angetreten‹, die Gewehrgriffe am Boden, die Läufe leicht gegen die rechte Schulter geneigt, die Hände über dem Schaft gekreuzt. Zur Rechten der Formation stand ein Leutnant; die Spitze seines Degens berührte den Boden, während seine linke Hand auf der rechten ruhte. Außer der Gruppe der vier Männer auf der Mitte der Brücke regte sich niemand. Die Kompanie stand mit dem Gesicht zur Brücke, starren Blickes, reglos. Die beiden Posten, den Flußufern zugewandt, hätten Statuen zur Verzierung der Brükke sein können. Der Hauptmann stand mit gekreuzten Armen, schweigend, und beobachtete das Tun seiner Untergebenen, dirigierte sie aber durch keinerlei Zeichen. Der Tod ist ein Würdenträger und muß, wenn er ohne vorherige Ankündigung kommt, mit allen formellen Respektsbezeigungen empfangen werden, sogar von denen, die höchst vertraut mit ihm stehen. Im Kodex militärischer Etikette sind Schweigen und Exaktheit die Ausdrucksform der Ehrerbietung.

Der Mann, der gehängt werden sollte, war etwa fünfunddreißig Jahre alt. Er war Zivilist, und falls man Schlüsse aus seiner Kleidung ziehen wollte: sie war die eines Farmers. Seine Gesichtszüge waren gut geschnitten, eine gerade Nase, energischer Mund und hohe Stirn, von der das lange, dunkle Haar glatt zurückgekämmt war und hinter den Ohren auf den Kragen seiner gutsitzenden Arbeitsjoppe fiel. Er trug Schnurrbart und spitzen Kinnbart, aber keinen Backenbart. Seine Augen waren groß und dunkelgrau und hatten einen gütigen Ausdruck, den man kaum bei jemandem erwarten würde, dessen Hals in der Schlinge steckt. Augenscheinlich war er kein gemeiner Meuchelmörder. Der liberale Militärkodex bietet Handhaben, viele Arten von Menschen aufzuhängen, und Ehrenmänner sind keineswegs davon ausgenommen.

Nachdem die Vorbereitungen beendet waren, traten die beiden Gemeinen zur Seite, und jeder zog das Brett weg, auf dem er gestanden hatte. Der Sergeant tat einen Schritt seitwärts, salutierte und stellte sich unmittelbar hinter den Offizier, der sich nun seinerseits um einen Schritt weiterbewegte. All diese Schritte verursachten, daß jetzt der Verurteilte und der Sergeant auf den beiden Enden der Planke standen, die über drei der Bahnschwellen lag. Das Ende, auf welchem der Zivilist stand, reichte beinahe, aber nicht ganz, bis zu einer vierten Schwelle. Diese Planke war vorher durch das Gewicht des Hauptmanns gehalten worden, jetzt wurde sie durch das des Sergeanten gehalten. Dieser sollte bei einem Zeichen des Hauptmanns zur Seite treten, so daß die Planke kippen und der verurteilte Mann zwischen zwei Eisenbahnschwellen abwärts fallen würde. Dieses Arrangement für die Hinrichtung empfahl sich durch seine Einfachheit und Wirksamkeit. Das Gesicht des Verurteilten war nicht verhüllt, und auch die Augen hatte man ihm nicht verbunden. Er sah einen Moment auf seinen unsicheren Standort, dann ließ er seinen Blick zu den wirbelnden Wassern des Flusses wandern, das hastig unter seinen Füßen dahinschoß. Ein Stück tanzendes Treibholz fesselte seine Aufmerksamkeit, und seine Augen folgten ihm den Fluß hinunter. Wie langsam es sich zu bewegen schien! Was für ein träger Strom!

Er schloß die Augen, um seine letzten Gedanken auf seine Frau und seine Kinder konzentrieren zu können. Das Wasser, vergoldet von den ersten Strahlen der Morgensonne, die Nebelschwaden, die ein Stück weiter stromabwärts tiefer lagerten als das Flußufer, die Befestigungsanlage, die Soldaten, das Stück Treibholz – all das hatte ihn abgelenkt. Und jetzt wurde er sich einer neuen Störung bewußt. Durch die Gedanken an seine Lieben drang ein Ton, den er weder zu ignorieren noch zu begreifen vermochte, ein scharfes, deutliches, metallisches Hämmern, wie das Schlagen eines Schmiedehammers auf einen Amboß, von der gleichen, durchdringenden Art. Er fragte sich, was das sein könne und ob es unermeßlich fern oder ganz nahe wäre – es schien beides zu sein. Die Wiederholungen waren regelmäßig, aber so langsam wie das Läuten einer Totenglocke. Jeden Schlag erwartete er mit Ungeduld und, ohne zu wissen, weshalb, mit Bangen. Die Intervalle der Stille dazwischen dauerten zunehmend länger, die Verzögerungen wurden qualvoll. Aber je seltener die Töne wurden, um so mehr nahmen sie an Stärke und Schärfe zu. Sie schnitten wie Messerstiche in sein Ohr. Er fürchtete, daß er schreien würde. Was er da hörte, war das Ticken seiner Uhr.

Er öffnete die Augen aufs neue und sah wieder auf das Wasser drunten. ›Könnte ich meine Hände befreien‹, dachte er, ›dann würde ich die Schlinge abwerfen und in den Fluß springen. Den Kugeln könnte ich durch Tauchen entgehen, rasch schwimmen und ans Ufer und quer durch den Wald und nach Hause entkommen. Mein Heim ist Gott sei Dank ja noch außerhalb ihrer Linien. Meine Frau und meine Kleinen sind noch weit weg von der Front dieser Eindringlinge.‹

Während dieser Gedanken, die hier in Worten wiedergegeben werden müssen, in Wirklichkeit aber eher ins Gehirn des Verurteilten hineinblitzten, als daß sie darin entstanden, nickte der Hauptmann dem Sergeanten zu. Der Sergeant trat zur Seite.

2

Peyton Farquhar war ein wohlhabender Pflanzer aus einer alten und hochgeachteten Alabama-Familie. Da er Besitzer von Sklaven und, gleich anderen Sklavenbesitzern, auch Politiker war, war er selbstverständlich Sezessionist bis in die Knochen und der Sache der Südstaaten glühend ergeben. Zwingende Umstände, die hier nicht berichtet zu werden brauchen, hatten ihn daran gehindert, bei der tapferen Armee zu dienen, welche die unglücklichen Schlachten geschlagen hatte, die mit dem Fall von Corinth endeten, und er litt unter dem ruhmlosen Rückzug und sehnte sich nach Anwendung seiner Kräfte, dem glorreichen Soldatenleben, der Gelegenheit, sich auszuzeichnen. Diese Gelegenheit würde kommen, so hatte er gefühlt, wie sie in Kriegszeiten für alle kommt. Inzwischen tat er so viel, wie er eben konnte. Kein Dienst war ihm zu gering, um dem Süden Hilfe zu leisten, kein Abenteuer zu gefährlich, um es nicht zu wagen, wenn es vereinbar war mit dem Stand eines Zivilisten, der in seinem Herzen Soldat war und der in gutem Glauben, aber ohne allzu viel Eignung dazu zu besitzen, dem niederträchtigen Wort wenigstens teilweise zustimmte, daß in der Liebe und im Krieg alles erlaubt sei.

Eines Abends, als Farquhar mit seiner Frau auf einer Bank beim Eingang zu seinem Grundstück saß, kam ein grau uniformierter Soldat ans Tor geritten und bat um einen Trunk Wasser. Mrs. Farquhar war nur allzu glücklich, ihn mit ihren eigenen weißen Händen bedienen zu dürfen, und während sie fort war, um Wasser zu holen, trat ihr Mann zu dem durstigen Reitersmann und forschte ihn eindringlich nach Neuigkeiten von der Front aus.

»Die Yankees reparieren die Bahngleise«, sagte der Mann, »und machen Vorbereitungen zu ihrem nächsten Vormarsch. Sie haben die Brücke am Eulenfluß erreicht, sie in Ordnung gebracht und eine Befestigung am Nordufer gebaut. Der Kommandant hat eine Verordnung erlassen, die überall angeschlagen ist und in der es heißt, daß jeder Zivilist, der sich an dem Bahnkörper zu schaffen macht, an den Brücken, Tunnels oder den Zügen, kurzerhand aufgehängt wird. Ich habe die Verordnung gesehen.«

»Wie weit ist es bis zur Eulenflußbrücke?« fragte Farquhar.

»Ungefähr dreißig Meilen.«

»Und ist auf dieser Seite des Flusses kein Militär?«

»Nur ein Vorposten, eine halbe Meile davor, am Bahndamm, und eine einzelne Wache am diesseitigen Ende der Brücke.«

»Angenommen: ein Mann, Zivilist und Liebhaber des Gehängtwerdens, würde den Vorposten umgehen und vielleicht die Wache überwältigen«, fragte Farquhar lächelnd, »– was könnte der zustande bringen?«

Der Soldat überlegte. »Vor einem Monat bin ich dort gewesen«, sagte er, »und habe bemerkt, daß das Hochwasser vom vergangenen Winter hier auf dieser Seite der Brücke eine Menge Treibholz gegen den hölzernen Brückenpfeiler angeschwemmt hat. Jetzt ist es sicher trocken und würde brennen wie Zunder.«

Die Dame hatte jetzt das Wasser gebracht, und der Soldat trank. Er dankte höflich, verneigte sich vor ihrem Mann und ritt davon. Eine Stunde später, nach Einbruch der Dunkelheit, kam er wieder an der Plantage vorbei; er ritt nordwärts in die Richtung, aus der er gekommen war. Er war ein Späher von den Unionstruppen.

3

Als Peyton Farquhar senkrecht abwärts durch die Brücke fiel, verlor er das Bewußtsein und war wie einer, der bereits tot ist. Aus diesem Zustand wurde er – wie es ihm vorkam: nach endloser Zeit – geweckt durch einen heftigen Ruck an seiner Kehle, gefolgt von einem Erstickungsgefühl. Scharfe, stechende Schmerzen schienen von seinem Hals her durch seinen Körper zu schießen. Diese Schmerzen schienen ganz bestimmte, auseinanderlaufende Linien entlangzuzucken, in unbegreiflich rapider Regelmäßigkeit. Sie schienen wie Ströme von pulsierendem Feuer, das ihn bis zu einer unerträglichen Temperatur erhitzte. In seinem Kopf aber hatte er nur ein Gefühl von Fülle, von Blutandrang. Diese Wahrnehmungen waren keineswegs von Gedanken begleitet, der intellektuelle Teil seines Wesens war schon ausgetilgt. Er besaß Kraft nur noch, zu fühlen, und das Gefühl war Folterqual. Der Bewegung war er sich bewußt. Er war jetzt nur noch der in Flammen stehende Kern einer ihn umschließenden, blendenden Wolke, ohne materielle Substanz, und schaukelte in wahnsinnigen Schwüngen hin und her, ein riesiges Pendel. Dann schoß jählings mit entsetzlicher Plötzlichkeit das ihn umgebende Licht, mit dem Tosen eines lauten Aufrauschens, nach oben. Ein fürchterliches Krachen war in seinen Ohren, und dann war alles kalt und finster. Die Denkfähigkeit war wiederhergestellt. Er wußte, daß der Strick gerissen und er selber in den Fluß gefallen war. Es gab kein zusätzliches Würgen mehr, die Schlinge um seinen Hals erstickte ihn bereits und hielt das Wasser von seinen Lungen ab. Am Grund eines Flusses an Gehängtwerden zu sterben! – dieser Gedanke kam ihm lächerlich vor. Er öffnete die Augen in der Schwärze und sah über sich den Schein eines Lichtes, aber – wie fern, wie unerreichbar! Immer noch sank er tiefer, denn das Licht wurde schwächer und schwächer, bis es nur noch ein Schimmer war. Dann fing es an zu wachsen und heller zu werden, und er wußte, daß er zur Oberfläche aufstieg – wußte es mit Widerstreben, denn jetzt fühlte er sich ganz wohl. ›Gehängt und ertränkt zu werden‹, dachte er, ›das ist noch nicht so schlimm. Aber erschossen werden, das möchte ich nicht. Nein, erschießen lasse ich mich nicht, das ist nicht anständig.‹

Er war sich keiner Anstrengung bewußt, aber ein heftiger Schmerz in den Gelenken belehrte ihn darüber, daß er versuchte, seine Hände zu befreien. Er widmete dieser Bemühung all seine Aufmerksamkeit, ungefähr so, wie ein Müßiggänger den Kunststücken eines Jongleurs ohne jedes Interesse an den Resultaten zusehen könnte. Was für prachtvolle Anstrengungen, welch großartige, welch übermenschliche Kraft! Ah, das war fein! Bravo! Die Schnur fiel ab, seine Arme trennten sich und strebten aufwärts, die Hände wurden zu beiden Seiten im wachsenden Licht undeutlich erkennbar. Er betrachtete sie mit erneutem Interesse, als erst die eine, dann die andere sich über die Schlinge an seinem Hals hermachte. Sie rissen sie weg und schleuderten sie ungestüm zur Seite, und ihre Windungen erinnerten ihn an die einer Wasserschlange.

›Tut sie wieder hin, tut sie wieder hin!‹ Er dachte, daß er diese Worte seinen Händen zugeschrien habe, denn dem Lösen der Schlinge war das gräßlichste Stechen gefolgt, das er je erlebt hatte. Sein Nacken tat fürchterlich weh, sein Gehirn brannte lichterloh, sein Herz, das nur noch schwach geflattert hatte, tat einen wilden Schlag und versuchte sich ihm aus dem Halse zu zwängen. Sein ganzer Körper war von unerträglicher Qual gefoltert und zerrissen. Doch schenkten seine ungehorsamen Hände dem Befehl keine Beachtung, sie zerteilten energisch mit raschen, aufwärts führenden Bewegungen das Wasser und zwangen ihn an die Oberfläche. Er fühlte, daß sein Kopf heraustauchte, seine Augen wurden vom Sonnenlicht geblendet, sein Brustkorb weitete sich konvulsivisch, und mit einer äußersten, alles überbietenden Qual sogen seine Lungen einen tiefen Zug von Luft ein, die er augenblicklich mit einem Schrei wieder ausstieß.

Er war jetzt seiner physischen Sinne wieder vollkommen mächtig, ja, sie waren sogar übernatürlich geschärft und wach. In der furchtbaren Störung seines organischen Systems hatte irgend etwas sie so erregt und verfeinert, daß sie niemals zuvor wahrgenommene Dinge registrierten. Er spürte die kleinen Wellen über seinem Gesicht und hörte sie einzeln, wenn sie ihn berührten. Er schaute nach dem Wald am Flußufer, sah die einzelnen Bäume, die Blätter und die Äderung jedes Blattes – sah genau die Insekten darauf, die Heuschrecken, die blitzenden Fliegen, die grauen Spinnen, die ihre Netze von Zweig zu Zweig spannten. Er nahm die prismatischen Farben in all den Tautropfen auf den Millionen von Grashalmen wahr, das Sirren der Mücken, die über den Stromschnellen tanzten, das Surren von den Flügeln der Libellen, das Beineschlagen der Wasserspinnen, das sich anhörte wie Ruder, die ein Boot antreiben – all dies verursachte hörbare Töne. Ein Fisch huschte unter seinen Augen dahin, und er vernahm das Rauschen des von seinem Leib zerteilten Wassers.

Er war so an die Oberfläche gelangt, daß er stromabwärts sah. Nach einem Augenblick schien die sichtbare Welt sich langsam rundum zu drehen, er selber war ihr Angelpunkt, und er sah die Brücke, die Schanze, die Soldaten auf der Brükke, den Hauptmann, den Sergeanten, die beiden Gemeinen – seine Henker. Sie waren Silhouetten gegen den blauen Himmel. Sie schrien und gestikulierten und zeigten auf ihn. Der Hauptmann hatte seine Pistole gezogen, feuerte aber nicht. Die anderen waren unbewaffnet. Ihre Bewegungen waren grotesk und furchtbar, ihre Gestalten gigantisch.

Plötzlich hörte er einen scharfen Knall, und irgend etwas streifte heftig das Wasser ganz nah bei seinem Kopf, und sein Gesicht wurde von einem Sprühregen benäßt. Er hörte einen zweiten Knall und sah einen der Wachsoldaten mit dem Gewehr an der Schulter, und aus der Mündung stieg eine leichte blaue Rauchwolke. Der Mann im Wasser sah das Auge des Mannes auf der Brücke, das durch das Visier der Flinte in die seinen starrte. Er nahm wahr, daß es ein graues Auge war, und entsann sich, gelesen zu haben, daß graue Augen die schärfsten seien und daß alle berühmten Meisterschützen graue Augen hätten. Immerhin – dieser dort hatte fehlgeschossen.

Eine Gegenströmung hatte Farquhar erfaßt und ihn halb herumgedreht. Wieder sah er in den Wald auf der der Schanze gegenüberliegenden Uferseite. Der Klang einer klaren, hohen Stimme ertönte in einem monotonen Singsang jetzt hinter ihm und kam mit einer Deutlichkeit über das Wasser, die alle anderen Geräusche durchbrach und übertönte, sogar das Anprallen der kleinen Wellen an seinem Ohr. Wenn er auch kein

Soldat war, so hatte er doch oft genug militärisches Treiben beobachtet, um die schreckliche Bedeutung dieser bedächtigen, schleppend ausgestoßenen Töne zu kennen: der Leutnant am Ufer beteiligte sich jetzt an der morgendlichen Aufgabe. Wie kalt und erbarmungslos, mit welch gleichmäßiger, ruhiger Stimme übertrug er seine eigene Gelassenheit auf die Soldaten – in genau bemessenen Intervallen fielen die grausamen Worte: »Kompanie Achtung! ... Gewehr anlegen! ... Fertig! ... Zielen! ... Feuer!«

Farquhar tauchte, tauchte, so tief er nur konnte. Das Wasser brauste ihm in den Ohren wie die Stimme der Niagarafälle, doch hörte er den dumpfen Donner der Salve, und während er wieder zur Oberfläche aufstieg, traf er auf blanke Metallstückchen, die außerordentlich glatt waren und sich langsam abwärts wiegten. Ein paar berührten ihn an Gesicht und Händen, fielen dann weiter, setzten ihren Abstieg fort. Eines blieb ihm zwischen Kragen und Hals stecken, es war unangenehm warm, und er schnippte es weg.

Als er, nach Atem ringend, an die Oberfläche kam, sah er, daß er lange Zeit unter Wasser gewesen war – er war ein gutes Stück weiter stromabwärts, der Rettung näher. Die Soldaten waren fast damit fertig, ihre Gewehre neu zu laden, die metallenen Ladestöcke blitzten alle zu gleicher Zeit in der Sonne auf, als sie aus den Läufen gezogen, in der Luft gewendet und in ihre Hülsen gesteckt wurden. Wiederum schossen die beiden Posten, unabhängig voneinander und vergebens.

Der gejagte Mann beobachtete das alles über seine Schulter – er schwamm jetzt kräftig und mit der Strömung. Sein Gehirn war ebenso energiegeladen wie seine Arme und Beine, und er dachte mit Blitzesschnelle.

›Der Offizier‹, überlegte er, ›wird diesen Fehler eines strengen Vorgesetzten kein zweites Mal begehen. Es ist genauso leicht, einer Salve zu entkommen wie einem einzelnen Schuß, wahrscheinlich hat er schon den Befehl gegeben, ohne besonderes Kommando zu feuern. Gott steh mir bei – allen entkommen kann ich nicht!‹

Dann ein erschreckendes Aufplatschen in zwei Meter Entfernung, gefolgt von einem laut dahinrasenden Rauschen, das an Tonstärke abnahm und durch die Luft wieder zurückzukehren schien zur Schanze und in einer Explosion erstarb, die allein den ganzen Fluß schon bis in seine Tiefen aufrührte. Ein Berg aus Wasser erhob sich, bog sich über ihn, fiel auf ihn herunter, blendete ihn, erstickte ihn. Die Kanone beteiligte sich also an dem Spiel! Während er sich den Kopf vom Aufruhr des Wassers freischüttelte, hörte er den abweichenden Schuß weiter vorn durch die Luft brummen, und eine Sekunde später krachte es und zerschmetterte die Äste im Wald drüben.

›Das werden sie nicht noch einmal machen‹, dachte er, ›das nächste Mal nehmen sie eine Kartätschenladung. Ich muß die Kanone im Auge behalten. Der Rauch wird mich warnen – der Ton ist zu langsam, der bleibt hinter dem Geschoß zurück, es ist eine gute Kanone.‹

Plötzlich fühlte er sich um und um gewirbelt, drehte sich um sich selbst wie ein Ball. Das Wasser, die Ufer, der Wald, die nun schon entfernte Brücke, die Schanze und die Menschen – alles war miteinander vermengt und verwischt. Die Gegenstände waren nur noch durch ihre Farben angedeutet: waagrecht kreisende Farbstreifen – das war alles, was er noch sah. Er war von einem ungestümen Strudel erfaßt und weggewirbelt worden, in einer so schnell vorwärtsdrängenden und zugleich drehenden Bewegung, daß ihm schwindlig und übel wurde. In wenigen Sekunden wurde er auf den Kies am Fuß des linken Flußufers – des Südufers – und hinter einen Vorsprung geschleudert, der ihn seinen Feinden verbarg. Das plötzliche Stocken der Bewegung und die Hautabschürfung an einer seiner Hände, durch den Kies, brachten ihn zur Besinnung, und er weinte mit Hingabe. Er grub die Finger in den Sand, warf Hände voll davon über sich in die Luft und segnete ihn mit lauter Stimme. Er sah aus wie Gold, wie Diamanten, Rubine, Smaragde, es gab überhaupt nichts Schönes, woran er ihn nicht erinnert hätte. Die Bäume über dem Ufer waren riesige Gartenpflanzen, er bemerkte entschieden etwas Planvolles in ihrer Anordnung und atmete tief den Duft ihres Blühens ein. Eigenartiges, rosiges Licht schimmerte zwischen ihren Stämmen, und der Wind machte Musik in ihren Zweigen wie in Äolsharfen. Er hatte keinerlei Wunsch, seine Flucht zu vollenden, sondern war zufrieden, an diesem entzückenden Fleck zu bleiben, bis sie ihn wieder zurückholen würden.

Ein Zischen und Knarren von Kartätschenschüssen zwischen den Ästen hoch über seinem Kopf weckte ihn aus seinem Traum. Der verwirrte Kanonier hatte ihm blindlings ein Lebewohl nachgefeuert. Er sprang auf die Füße, eilte die schräge Sandbank hinauf und verschwand im Wald.

Diesen ganzen Tag war er unterwegs, indem er seinen Weg nach dem Bogen der Sonne richtete. Der Wald schien kein Ende zu nehmen, nirgends entdeckte er eine Lichtung in ihm, nicht einmal den Pfad eines Holzfällers. Er hatte nicht gewußt, daß er in einer Region von solcher Wildnis wohnte. In dieser Entdeckung war etwas Unheimliches.

Als die Nacht kam, war er ermüdet, wund an den Füßen

und am Verschmachten. Der Gedanke an seine Frau und seine Kinder aber trieb ihn weiter. Schließlich fand er einen Pfad, der in die Richtung führte, von der er wußte, daß es die rechte war. Der Pfad war so breit und gerade wie die Straße in einer Stadt, doch schien er unbenutzt. Keine Felder säumten ihn, nirgends war eine Behausung, nicht einmal Hundegebell verriet menschliche Wohnstätten. Die schwarzen Gestalten der hohen Bäume bildeten zu beiden Seiten gerade Mauern, die am Horizont in einen Punkt zusammenliefen wie ein Diagramm in einer Unterrichtsstunde über Perspektive. Droben, wenn er durch die Öffnung im Wald hinaufschaute, schimmerten große goldene Sterne von unbekanntem Aussehen und in fremden Ordnungen gruppiert. Er war sicher, daß sie in einer Konstellation angeordnet waren, die ein Geheimnis und eine böse Vorbedeutung enthielt. Der Wald war zu beiden Seiten von eigenartigen Geräuschen erfüllt, zwischen denen er einmal, zweimal und immer wieder deutliches Flüstern in einer unbekannten Sprache vernahm.

Sein Hals schmerzte, und als er ihn mit der Hand befühlte, fand er ihn schrecklich geschwollen. Er wußte, daß ein schwarzer Zirkel ihn dort umgab, wo der Strick ihn gequetscht hatte. Seine Augen fühlten sich dick an vom gestauten Blut, so daß er sie nicht mehr schließen konnte. Seine Zunge war geschwollen vor Durst, und er erleichterte ihre Fieberhitze, indem er sie zwischen den Zähnen in die kühle Luft hinausstreckte. Wie weich doch der Grasteppich den unbegangenen Weg bedeckte! Er fühlte den Straßenboden gar nicht mehr unter den Füßen.

Zweifellos war er trotz seiner Leiden während des Gehens eingeschlafen, denn jetzt erblickte er eine andere Szenerie – vielleicht ist er auch nur aus einem Fiebertraum erwacht. Er steht am Tor zu seinem eigenen Besitz. Alles ist so, wie er es verließ, und licht und schön im Morgensonnenschein. Er muß wohl die ganze Nacht unterwegs gewesen sein. Als er das Tor aufstößt und den breiten weißen Weg entlanggeht, sieht er das Wehen von Frauenkleidern. Seine Frau, frisch und kühl und süß anzusehen, kommt die Verandastufen herunter, um ihm entgegenzugehen. Am Fuß der Treppe wartet sie, mit einem Lächeln unaussprechlicher Freude, einer Gebärde unvergleichlicher Grazie und Würde. Ach, wie schön ist sie! Er stürzt vorwärts mit ausgebreiteten Armen. Als er im Begriff ist, sie zu umfangen, spürt er einen zerschmetternden Ruck im Genick. Ein blendend weißes Licht bricht rings um ihn aus mit einem Ton wie das Dröhnen einer Kanone – dann wird alles zu Finsternis und Schweigen.

Peyton Farquhar war tot. Sein Körper schwang mit gebrochenem Hals sacht von einer Seite zur anderen unter den Spanten der Eulenflußbrücke.

Moxons Herr und Meister

»Ist das Ihr Ernst? Glauben Sie wirklich, daß eine Maschine denkt?«

Ich bekam nicht sofort Antwort. Moxon war anscheinend eifrig mit den Kohlen auf dem Kaminrost beschäftigt, indem er sie geschickt mit dem Schüreisen hin und her rüttelte, bis sie endlich auf seine Bemühungen mit hellerer Glut reagierten. Seit Wochen hatte ich an ihm die zunehmende Gewohnheit beobachtet, beim Antworten selbst auf die trivialsten und alltäglichsten Fragen zu zögern. Aber seine Miene sah eher nach Zerstreutheit als nach Zögern aus: man konnte annehmen, daß ihm irgend etwas im Kopf herumging.

Jetzt sagte er:

»Was ist denn das: ›eine Maschine‹? Das Wort ist so verschiedenartig definiert worden. Hier haben Sie eine Definition aus einem Volkslexikon: ›Jedes Instrument oder Gefüge, durch welches Kraft zur Anwendung kommt oder wirksam gemacht wird oder durch welches ein gewünschtes Resultat erzielt wird.‹ Gut – ist dann also ein Mensch nicht auch eine Maschine? Und Sie werden zugeben, daß er denkt – oder denkt, daß er denkt.«

»Wenn Sie meine Frage nicht beantworten wollen«, sagte ich ziemlich gereizt, »warum sagen Sie es dann nicht? Alles, was Sie antworten, sind bloße Ausflüchte. Sie wissen ganz gut, daß ich, wenn ich ›Maschine‹ sage, nicht einen Menschen meine, sondern etwas, was der Mensch gemacht hat und was er beherrscht.«

»Sofern es nicht ihn beherrscht«, sagte er, während er

plötzlich aufstand und aus dem Fenster sah, von wo es in der Finsternis einer stürmischen Nacht nichts zu sehen gab. Einen Augenblick später drehte er sich um und sagte lächelnd: »Verzeihn Sie mir, ich wollte keine Ausflüchte benutzen. Ich fand die Erklärung, die dieser Lexikonmensch abgibt, suggestiv und ganz brauchbar für eine Diskussion. Auf Ihre Frage kann ich mit Leichtigkeit auch eine direkte Antwort geben: ich glaube in der Tat, daß eine Maschine über die Arbeit nachdenkt, die sie verrichtet.«

Das war ›direkt‹ genug, allerdings. Es war ganz und gar nicht erfreulich, denn es war dazu angetan, den traurigen Verdacht zu bestätigen, daß die Hingabe, mit der Moxon in seiner Maschinenwerkstatt grübelte und experimentierte, ihm nicht sehr gutgetan hatte. Zunächst wußte ich, daß er an Schlaflosigkeit litt, und das ist nicht so ohne weiteres auszuhalten. Hatte es seinen Verstand angegriffen? Seine Antwort auf meine Frage schien mir damals ein Beweis dafür. Heute würde ich vielleicht anders darüber denken, aber damals war ich jünger, und zu den Segnungen, die der Jugend nicht versagt sind, gehört auch Ignoranz. Angespornt durch dieses starke Reizmittel für den Widerspruch, sagte ich:

»Und mit was, bitte, denkt sie eigentlich – in Ermangelung eines Gehirns?«

Die Antwort, die mit weniger Verzögerung als üblich kam, erfolgte in seiner Lieblingsform, nämlich als Gegenfrage: »Mit was denkt eine Pflanze – in Ermangelung eines Gehirns?«

»Aha, Pflanzen gehören also ebenfalls zur Klasse der Philosophen? Ich wäre entzückt, etwas von ihren Konklusionen zu erfahren. Die Prämissen können Sie weglassen.«

»Vielleicht«, erwiderte er, anscheinend unberührt von meiner idiotischen Ironie, »wäre man imstande, aus ihren Handlungen auf ihre Erkenntnisse zu schließen. Ich will Ihnen die wohlbekannten Beispiele ersparen, von der sensitiven Mimose, von den verschiedenen insektenfressenden Blüten und von denen, deren Staubfäden sich herunterbiegen und ihre Pollen auf die hereinkriechenden Bienen streuen, damit sie andernorts weibliche Pflanzen damit befruchten. Aber hören Sie folgendes: An einer freien Stelle in meinem Garten habe ich eine Weinranke eingepflanzt. Als sie gerade eben aus der Erde kam, setzte ich einen Schritt von ihr einen Stecken in den Boden. Die Weinranke strebte sofort nach ihm hin, aber als sie ihn ein paar Tage später beinahe schon erreicht hatte, setzte ich ihn an eine andere Stelle. Sofort änderte die Ranke ihre Richtung, bildete einen scharfen Winkel und strebte wieder zu dem Stecken hin. Dieses Manöver wurde mehrmals wiederholt, aber schließlich gab die Weinranke, als wäre sie entmutigt, die Verfolgung auf, und indem sie weitere Versuche, sie abzulenken, ignorierte, bewegte sie sich auf einen kleinen Baum zu, der weiter weg stand und den sie dann erklomm.

Die Wurzeln des Eukalyptus verlängern sich auf der Suche nach Feuchtigkeit ganz unglaublich. Ein bekannter Gärtner berichtet, daß einmal eine in ein altes Wasserrohr hineinwuchs und dem Rohr folgte, bis sie zu einer Stelle kam, wo ein Stück von dem Rohr herausgebrochen war, um einer Mauer Platz zu machen, die man quer zu seinem Lauf gebaut hatte. Die Wurzel verließ das Rohr und folgte der Mauer, bis sie eine Lücke fand, wo ein Stein herausgefallen war. Sie wuchs hindurch, auf der anderen Seite der Mauer wieder hinunter, in den von ihr noch unerforschten Teil des Rohres hinein, und nahm ihre Wanderung wieder auf.«

»Und was wollen Sie mit alledem sagen?«

»Merken Sie denn nicht, was das bedeutet? Es zeigt das Bewußtsein der Pflanzen, es beweist, daß sie denken.«

»Selbst wenn es das bewiese – was weiter? Wir sprachen ja nicht von Pflanzen, sondern von Maschinen. Sie mögen teilweise aus Holz bestehen, aus Holz, das kein Leben mehr besitzt, oder auch ganz aus Metall sein. Können die Minerale etwa auch denken?«

»Wie wollen Sie denn zum Beispiel sonst das Phänomen der Kristallisation erklären?«

»Ich erkläre es überhaupt nicht.«

»Weil Sie es nicht können, ohne zu bestätigen, was Sie ableugnen möchten, nämlich die sinnvolle Zusammenarbeit der sich zu Kristallen fügenden Elemente. Wenn Soldaten Linien formieren oder Schützengräben buddeln, nennt ihr es Vernunft, wenn Wildgänse beim Flug ein V bilden, redet ihr von Instinkt. Wenn die homogenen Atome eines Minerals, die sich frei in einer Lösung bewegen, sich zu mathematisch perfekten Figuren ordnen oder die Partikel von gefrorener Feuchtigkeit in die schönen, symmetrischen Formen von Schneeflocken, dann wißt ihr nichts zu sagen. Ihr habt noch nicht einmal einen Fachausdruck gefunden, hinter dem ihr eure gewaltige Torheit verstecken könnt.«

Moxon sprach mit ungewöhnlicher Lebhaftigkeit und großem Ernst. Als er innehielt, hörte ich aus dem anstoßenden Raum, der mir als seine ›Maschinenwerkstatt‹ bekannt war und den niemand außer ihm betreten durfte, einen merkwürdig hämmernden Ton, so, wie wenn jemand mit der Hand auf einen Tisch schlägt. Moxon hörte es im selben Augenblick, er sprang, sichtlich erregt auf und eilte in den Raum, aus dem der Ton kam. Ich fand es sonderbar, daß irgend jemand anders dort drinnen sein sollte, und mein Interesse für meinen Freund – sicherlich gemischt mit einem Anflug unbefugter Neugierde – verführte mich, angestrengt zu horchen, wenn auch nicht am Schlüsselloch, wie ich froh bin versichern zu können. Ich hörte verworrene Geräusche wie von einem Kampf oder einer Balgerei. Der Fußboden erschütterte, und deutlich hörte ich keuchendes Atmen und ein heiseres Flüstern: »Hol dich der Satan!« Danach war alles still, und nun kam Moxon zurück und sagte mit einem recht trüben Lächeln:

»Verzeihn Sie, daß ich Sie so plötzlich allein gelassen habe. Ich habe da drin nämlich eine Maschine, die ihre gute Laune verloren hat und gewalttätig geworden ist.«

Indem ich meine Augen unverwandt auf seine linke Wange heftete, über welche vier blutende, parallele Hautabschürfungen liefen, fragte ich:

»Wie wäre es, wenn Sie ihr die Nägel schneiden würden?«

Ich hätte mir den Spott ersparen können, denn er schenkte ihm gar keine Beachtung, sondern setzte sich wieder auf den Stuhl, von dem er aufgesprungen war, und führte den unterbrochenen Monolog fort, als ob gar nichts geschehen wäre:

»Natürlich halten Sie es nicht mit denjenigen – die ich einem Menschen von Ihrer Belesenheit nicht erst zu nennen brauche –, die gelehrt haben, daß alle Materie mit Empfindung begabt, daß jedes Atom ein lebendiges, fühlendes, bewußtes Wesen ist. Aber ich, ich halte es mit ihnen. So etwas wie tote, leblose Materie gibt es nicht: alles ist lebendig, alles durchdrungen von Kraft, wirkender und latenter Kraft, alles nimmt dieselben Kräfte in seiner Umgebung wahr und ist empfänglich für die Einflüsse höherer und subtilerer Kräfte, zu denen es in Beziehung gebracht werden kann, Kräfte, die in höher entwickelten Organismen leben, wie die des Menschen, wenn er sie zum Instrument seines Willens macht. Es absorbiert etwas von seiner Intelligenz und seinem Zielstreben – ja, mehr noch, wenn man die Kompliziertheit der daraus entstehenden Maschine und ihrer Leistung in Rechnung setzt.

Erinnern Sie sich zufällig an Herbert Spencers Definition von ›Leben‹? Ich habe sie vor dreißig Jahren gelesen. Soviel ich weiß, hat er sie wohl später geändert, aber in all diesen Jahren vermochte ich an kein einziges Wort zu denken, das mit Recht hätte geändert oder hinzugefügt oder gestrichen werden sollen. Es scheint mir nicht nur die beste, sondern die einzig mögliche Definition überhaupt.

›Leben‹, sagt er, ›ist eine bestimmte Kombination heterogener Veränderungen, simultan und fortschreitend zugleich, in Übereinstimmung mit äußeren Koexistenzen und Sequenzen.‹«

»Das definiert zwar das Phänomen«, sagte ich, »bietet aber keinen Hinweis auf seine Ursache.«

»Es ist alles«, erwiderte er, »was eine Definition überhaupt vermag. Wie Mill betont, kennen wir Ursache lediglich als vorausgegangenen Akt und Wirkung lediglich als Folge. Und von gewissen Phänomenen tritt eines niemals auf ohne ein anderes, das ihm ungleich ist: in Hinsicht auf die Zeit nennen wir das erste Ursache, das zweite Wirkung. Jemand, der schon öfter einen von einem Hund gehetzten Hasen gesehen hat, im übrigen aber weder Hasen noch Hunde kennt, würde den Hasen für die Ursache des Hundes halten.

Aber ich fürchte«, setzte er hinzu und lachte ganz ungezwungen, »daß mein Hase mich weit von der Spur meiner eigentlich verfolgten Beute abbringt: ich lasse mich aus Vergnügen an der Jagd, um ihrer selbst willen, gehen. Was ich Ihnen klarmachen wollte, ist, daß in Herbert Spencers Definition vom Leben die Tätigkeit einer Maschine einbezogen ist – es gibt in dieser Definition nichts, was nicht auf sie anwendbar wäre. Wenn laut diesem schärfsten Beobachter und tiefsten Denker ein Mensch, solange er sich betätigt, lebendig ist, dann ist es auch eine Maschine, während sie arbeitet. Als Erfinder und Konstrukteur von Maschinen weiß ich, daß das stimmt.«

Moxon schwieg lange und starrte gedankenverloren ins Feuer. Es wurde allmählich spät, und ich fand es an der Zeit zu gehen, aber irgendwie widerstrebte es mir, ihn in diesem einsamen Haus allein zu lassen – ganz allein, abgesehen von der Gegenwart irgendeines Wesens, über dessen Beschaffenheit meine Mutmaßungen nicht weiter reichten, als daß es unfreundlich war, vielleicht bösartig. Ich beugte mich zu ihm und fragte, indem ich ihm eindringlich in die Augen sah und mit der Hand auf die Tür zu seiner Werkstatt deutete:

»Moxon, wen haben Sie dort drinnen?«

Ein wenig zu meiner Überraschung lachte er leichthin und antwortete ohne Zögern:

»Niemanden. Der Vorfall, an den Sie denken, kam von meiner Dummheit, eine in Aktion befindliche Maschine zu verlassen, ohne daß sie etwas hatte, woran sie arbeiten konnte, während ich den langwierigen Versuch unternahm, Ihren Geist zu erleuchten. Wissen Sie vielleicht zufällig, daß das Bewußtsein ein Geschöpf des Rhythmus ist?«

»Ach, zum Kuckuck mit allen beiden!« rief ich, stand auf und ergriff meinen Mantel. »Ich gehe jetzt und wünsche Ihnen eine gute Nacht. Ich möchte bloß noch sagen: ich hoffe, daß die Maschine, die Sie versehentlich in Tätigkeit gelassen haben, ihre Handschuhe anhat, wenn Sie es das nächste Mal nötig finden, sie anzuhalten.«

Ohne die Wirkung meiner Stichelei abzuwarten, verließ ich das Haus.

Regen fiel, und es herrschte tiefe Finsternis. Am Himmel, über dem dunklen Umriß eines Hügels, in dessen Richtung ich mir auf den wackligen Holzplanken des Bürgersteigs und über die morastige, ungepflasterte Fahrstraße meinen Weg ertastete, sah ich die schwache Helligkeit der Stadtlichter, aber hinter mir war nichts zu sehen als ein einziges Fenster in Moxons Haus. Es leuchtete, wie mir schien, mit einer geheimnisvollen und schicksalhaften Bedeutung. Ich wußte, daß es ein vorhangloses Fenster in der Maschinenwerkstatt meines Freundes war, und bezweifelte nicht, daß er die Experimente fortsetzte, die er während seiner Bemühung, mich über mechanisches Bewußtsein und die Vaterschaft des Rhythmus zu belehren, unterbrochen hatte. So kurios und bis zu einem gewissen Grade komisch mir seine Ansichten damals vorkamen, konnte ich mich doch nicht ganz von dem Gefühl befreien, daß sie in irgendeiner tragischen Beziehung zu seinem Leben und Charakter ständen – vielleicht zu seinem Schicksal –, wenn ich auch nicht mehr der Meinung war, daß sie die Hirngespinste eines gestörten Geistes seien, denn – für was man seine Ansichten auch halten mochte – dafür war deren Darlegung viel zu logisch. Immer aufs neue kamen mir seine letzten Worte in den Sinn: »Bewußtsein ist ein Geschöpf des Rhythmus.« Kurz und bündig, wie die Feststellung war, fand ich sie jetzt unendlich reizvoll. Jedesmal, wenn sie mir jetzt wieder einfiel, wurde sie umfassender in ihrer Bedeutung und suggestiver in ihrer gedanklichen Tiefe. Hier steckt doch, dachte ich, tatsächlich ein

Weg zur Entwicklung einer Philosophie. Wenn Bewußtsein ein Produkt des Rhythmus ist, dann sind in der Tat alle Dinge bewußt, da alle Dinge Bewegung haben und jede Bewegung rhythmisch ist. Ich fragte mich, ob Moxon wohl die Wichtigkeit und Tragweite seines Gedankens erkannte – den ganzen Spielraum dieser folgenreichen Verallgemeinerung? Oder war er zu seinem philosophischen Glauben auf dem quälenden und unsicheren Wege der Beobachtung gelangt?

Dieser Glaube war freilich neu für mich, und zu ihm hatten mich Moxons sämtliche Erläuterungen keineswegs bekehrt. Aber jetzt schien es, als ob ringsum ein neues Licht leuchtete, gleich dem, das Saulus von Tarsus überkam, und dort draußen, mitten in Unwetter, Finsternis und Einsamkeit, widerfuhr mir, was Lewes ›die unendliche Vielfalt und das Erregende philosophischen Denkens‹ nennt. Ich frohlockte in einem ganz neuen Hochgefühl von Wissen, einem neuen Stolz der Erkenntnis. Meine Füße schienen die Erde kaum zu berühren, es war, als würde ich von unsichtbaren Flügeln aufgehoben und durch die Lüfte getragen.

Einem Impuls gehorchend, weiteres Licht zu empfangen von ihm, den ich nun als meinen Lehrer und Führer anerkannte, hatte ich mich unwillkürlich umgedreht, und fast ehe ich auch nur merkte, daß ich das getan hatte, war ich schon wieder vor Moxons Tür. Ich triefte vom Regen, fühlte aber kein Unbehagen. Da ich in meiner Aufregung die Klingel nicht fand, probierte ich instinktiv am Türknauf herum. Er ließ sich drehen, ich trat ein und ging die Treppe zu dem Zimmer hinauf, das ich vorhin erst verlassen hatte. Alles war dunkel und still, Moxon war, wie ich erwartet hatte, in dem anstoßenden Raum, der Maschinenwerkstatt. Ich tastete mich an der Wand entlang, bis ich die Verbindungstür fand, und klopfte laut, mehrere Male, bekam aber keine Antwort, was ich auf das Toben des Wetters draußen schob, denn es herrschte ein heftiger Sturm, der den Regen in Strömen gegen die dünnen Mauern prasseln ließ. Das Trommeln auf das Ziegeldach, das den unverschalten Raum überspannte, war laut und pausenlos.

Ich war nie aufgefordert worden, die Maschinenwerkstatt zu betreten, vielmehr war mir der Eintritt sogar ausdrücklich verwehrt worden, wie allen anderen Leuten, mit einer einzigen Ausnahme – einem geschickten Maschinenschlosser, von dem kein Mensch etwas wußte, außer daß sein Name Haley war und seine Gewohnheit, zu schweigen. Aber in meiner geistigen Erregtheit vergaß ich Diskretion und Anstand zugleich und machte die Tür auf. Was ich sah, beraubte mich augenblicklich sämtlicher philosophischer Spekulationen.

Moxon saß, das Gesicht mir zugewendet, hinter einem kleinen Tisch, auf dem eine Kerze stand und die einzige Beleuchtung des Raumes bildete. Gegenüber von Moxon, mit dem Rücken zu mir, saß eine zweite Person. Auf dem Tisch zwischen ihnen stand ein Schachbrett; die beiden spielten. Ich verstand wenig von Schach, aber daraus, daß nur noch ein paar Figuren auf dem Brett standen, war ersichtlich, daß das Spiel sich seinem Ende näherte. Moxon war in starker Spannung – nicht so sehr, wie mir schien, wegen des Spiels als wegen seines Gegners, den er dermaßen intensiv fixierte, daß er mich, obgleich ich direkt in seinem Blickfeld stand, überhaupt nicht bemerkte. Sein Gesicht war gespenstisch bleich, und seine Augen glitzerten wie Diamanten. Von seinem Gegenspieler sah ich nur den Rücken, aber das genügte vollkommen. Sein Gesicht hätte ich nicht sehr gern gesehen.

Anscheinend war er nicht größer als fünf Fuß und hatte

Proportionen, die an die eines Gorillas erinnerten, ungeheuer breite Schultern, einen dicken, kurzen Nacken, einen breiten, flachen Kopf mit wirrem schwarzem Haar, und darauf gestülpt war ein hochroter Fes. Eine Tunika in derselben Farbe, eng um die Taille gegürtet, reichte bis zum Sitz, einer Kiste offenbar, auf der er saß, seine Beine und Füße waren nicht zu sehen. Sein linker Unterarm schien auf den Knien zu ruhen, er bewegte die Schachfiguren mit der rechten Hand, die unverhältnismäßig lang zu sein schien.

Ich war zurückgewichen und stand nun ein wenig seitlich der Tür und im Schatten. Hätte Moxon weiter geblickt als nur bis zum Gesicht seines Gegenübers, so hätte er jetzt nichts mehr sehen können, außer daß die Tür offenstand. Irgend etwas hielt mich davon ab, näher zu treten, wie auch davon, wegzugehen, irgendein Gefühl – ich weiß selbst nicht, woher es kam –, das mir sagte, daß ich in der Nähe einer drohenden Tragödie sei und meinem Freund vielleicht helfen könnte, wenn ich bliebe. Mit einem mir nur flüchtig bewußten Widerstreben gegen die Taktlosigkeit meines Verhaltens blieb ich also.

Das Spiel ging rasch vonstatten. Moxon sah kaum auf das Brett hin, wenn er seine Züge machte, und meinem ungeübten Auge schien es, als ob er die Figuren nur so schöbe, wie sie seiner Hand gerade am nächsten waren, und seine Bewegungen dabei waren rasch, nervös und ohne Präzision. Die Gegenzüge seines Mitspielers erfolgten ebenso prompt, wurden aber mit langsamen, gleichmäßigen, mechanischen und, wie ich fand, etwas theatralischen Gebärden des Armes ausgeführt, für mich eine harte Geduldsprobe. Das Ganze hatte etwas Unwirkliches, und ich merkte, daß ich zitterte. Aber ich war ja durchnäßt, und mir war kalt.

Zwei-, dreimal senkte der Fremde, nachdem er eine Figur gezogen hatte, leicht den Kopf, und ich beobachtete, daß Moxon dann jedesmal die Stellung seines Königs wechselte. Plötzlich kam mir der Gedanke, daß der Mann taub sei. Und dann der, daß es eine Maschine wäre, ein Schachspiel-Automat. Dann erinnerte ich mich, daß Moxon mir einmal gesagt hatte, er habe einen derartigen Mechanismus erfunden, obgleich ich ihn nicht so verstand, als hätte er die Erfindung auch wirklich ausgeführt. War vielleicht all sein Gerede über das Bewußtsein und die Intelligenz von Maschinen lediglich das Vorspiel zu einer schließlichen Vorführung seiner Erfindung, nur ein Trick, um die Wirkung der mechanischen Tätigkeit, bei meiner Unkenntnis ihrer Geheimnisse, um so eindringlicher zu gestalten?

Das war freilich ein nettes Ende all meiner intellektuellen Entzückungen, der ›unendlichen Vielfalt und des Erregenden‹ meines philosophischen Denkens! Ich war schon im Begriff, mich angewidert zurückzuziehen, als etwas geschah, was meine Neugierde fesselte. Ich bemerkte ein Zucken der breiten Schultern des Geschöpfs, als ob es erregt wäre, und das hatte etwas so Natürliches, so völlig Menschliches, daß es mich, bei meiner neuen Betrachtungsweise der Dinge, erschreckte. Aber das war noch nicht alles, sondern einen Augenblick später schlug es mit geballter Faust auf den Tisch. Über diese Bewegung schien Moxon sogar noch erschrockener als ich: er stieß seinen Stuhl ein bißchen zurück, wie in Alarm.

Jetzt hob Moxon, der an der Reihe war, die Hand hoch über das Schachbrett, stieß damit wie ein Sperber auf eine seiner Figuren nieder, und mit dem Ruf »schachmatt!« sprang er rasch auf und stellte sich hinter seinen Stuhl. Der Automat saß regungslos da.

Der Wind draußen hatte sich jetzt gelegt, aber ich hörte, in immer kürzeren Abständen und zunehmend lauter werdend, das Rumpeln und Rollen von Donner. In den Zwischenpausen kam mir jetzt ein tiefes Summen oder Brummen zu Bewußtsein, das gleich dem Donner mit jedem Augenblick lauter und deutlicher wurde. Es schien aus dem Automaten zu kommen und war unverkennbar das Kreisen von Rädern. Es erweckte die Vorstellung von einem gestörten Mechanismus, der aus der hemmenden und regulierenden Tätigkeit irgendeines Kontrollteiles geraten war, eine Wirkung, wie sie etwa zu erwarten ist, wenn eine Sperrvorrichtung sich aus der Verzahnung eines Rades gelöst hätte. Aber bevor ich zu langen Mutmaßungen über die Art des Geräusches Zeit hatte, wurde meine Aufmerksamkeit von den sonderbaren Bewegungen des Automaten selbst in Anspruch genommen. Schwache, aber unaufhörliche Konvulsionen schienen Besitz von ihm ergriffen zu haben. Körper und Kopf schüttelten sich wie bei einem Menschen, der einen Schlaganfall erlitten oder der Schüttelfrost hat, und dies steigerte sich mit jeder Sekunde, bis die ganze Gestalt in wilder Bewegung war. Plötzlich sprang sie auf die Füße, und mit einer so schnellen Bewegung, daß das Auge ihr kaum folgen konnte, schoß sie, beide Arme weit vorwärts stoßend, in ihrer ganzen Länge über Tisch und Stuhl – die Stellung und Gebärde eines Tauchers. Moxon versuchte sich nach hinten zu werfen, außer Reichweite des gräßlichen Wesens zu kommen, aber es war zu spät: ich sah, wie sich dessen Hände um seine Kehle schlossen und wie seine eigenen Hände dessen Gelenke umklammerten. Dann fiel der Tisch um, die Kerze fiel zu Boden, erlosch, und alles war pechschwarz. Aber das Geräusch des Kampfes war schrecklich deutlich, und am fürchterlichsten von allem klangen die rauhen, gequetschten Töne, die von den Atemanstrengungen des Gewürgten herrührten. Ich stürzte zur Befreiung meines Freundes in die Richtung des infernalischen Getöses, hatte aber kaum auch nur das erste Hindernis in der Dunkelheit überwunden, als der ganze Raum in einem grellweißen Licht aufleuchtete, welches mir in Hirn, Herz und Gedächtnis ein unauslöschliches Bild von den Kämpfenden einbrannte, die am Boden lagen. Moxon unter dem anderen, die Kehle immer noch umklammert von den Eisenhänden, mit nach hinten gepreßtem Kopf, herausquellenden Augen und mit weit aufgerissenem Mund, aus dem die Zunge heraushing, und – grausiger Kontrast! – auf dem gemalten Gesicht seines Würgers lag ein Ausdruck friedlichen und tiefen Nachdenkens, wie über die Lösung eines Schachproblems. So viel nahm ich wahr, dann war alles Nacht und Schweigen.

Drei Tage später kam ich im Krankenhaus wieder zu mir. Als sich in meinem zerrütteten Gehirn allmählich die Erinnerung an diese tragische Nacht einstellte, erkannte ich in meinem Pfleger Moxons vertrauten Mitarbeiter Haley. Er erwiderte meinen Blick, indem er lächelnd zu mir herantrat.

»Erzählen Sie mir –«, brachte ich mühsam heraus, »erzählen Sie mir alles.«

»Gern«, sagte er. »Sie wurden bewußtlos aus einem brennenden Haus getragen, aus Moxons Haus. Niemand weiß, wie Sie dort hingeraten waren. Vielleicht werden Sie ein paar Erklärungen abgeben müssen. Die Ursache des Brandes ist ebenfalls mysteriös. Meine eigene Ansicht ist, daß das Haus vom Blitz getroffen wurde.«

»Und Moxon?«

»Wurde gestern begraben. Das, was von ihm übrig war.«

Offenbar konnte dieser zurückhaltende Mensch sich gelegentlich auch aussprechen. Jedenfalls ließ er sich herbei, einem Kranken erschütternde Neuigkeiten mitzuteilen. Nach einigen Augenblicken heftigsten seelischen Schmerzes wagte ich eine weitere Frage:

»Wer hat mich gerettet?«

»Na ja – wenn es Sie interessiert: ich.«

»Danke, Mister Haley, und Gott segne Sie dafür. Haben Sie auch dies charmante Produkt Ihrer Kunstfertigkeit gerettet, den automatischen Schachspieler, der seinen Erfinder ermordet hat?«

Der Mann schwieg lange und wandte sich von mir weg. Dann sah er mich wieder an und fragte eindringlich:

»Das wissen Sie?«

»Allerdings«, antwortete ich, »ich war dabei, als es geschah.« Das ist viele Jahre her. Heute befragt, würde ich weniger überzeugt antworten.

Der Zwilling

Ein Brief aus dem Nachlaß des verstorbenen Mortimer Barr

Sie fragten mich, ob ich als Zwilling jemals etwas erlebt hätte, was den Naturgesetzen, die wir kennen, widerspricht. Nun, urteilen Sie selbst; vielleicht kennen wir auch nicht alle die gleichen Naturgesetze, und Sie kennen andere als ich. Was mir unerklärlich, ja übernatürlich erschien, mag für Sie ganz klar sein.

Sie kannten meinen Bruder John – das heißt, Sie kannten ihn, wenn Sie genau wußten, daß ich nicht zugegen war. Aber weder Sie noch irgendein anderer Mensch konnte uns voneinander unterscheiden; auch unsere Eltern konnten es nicht. Ich spreche von meinem Bruder John, aber ich bin gar nicht sicher, ob sein Name nicht Henry war und der meine John. Wir wurden getauft, und gleich danach tätowierte man zwar jedem von uns den Anfangsbuchstaben seines Namens auf den Unterarm; aber wer kann wissen, ob man uns nicht schon während dieser Prozedur verwechselt hat? Ich trage zwar ein kleines H auf dem Arm, aber ich weiß nicht mit Bestimmtheit, ob es nicht ein J hätte sein müssen.

Während unserer Kindheit versuchten unsere Eltern, uns durch unsere Kleidung und andere kleine Erkennungszeichen auseinanderzuhalten. Aber wir tauschten diese häufig aus und verwirrten den Feind mit allerlei Kniffen, bis man uns beide »Jehnry« zu rufen pflegte. Ich habe mich manchmal gewundert, daß mein Vater nicht die Geduld verlor und uns nicht einfach durch eine Brandmarkung auf der Stirn kennzeichnete; aber da wir leidlich artige Knaben waren und unsere Scherze nicht zu weit trieben, entgingen wir dem Brandeisen. Mein Vater war übrigens ein besonders gutmütiger Mann und hatte, glaube ich, heimlich sogar seinen Spaß an unseren Streichen.

Bald nachdem wir nach Kalifornien gekommen waren und uns in San José niedergelassen hatten – wo uns das Glück Ihrer Bekanntschaft erwartete –, verloren wir, wie Sie wissen, beide Eltern innerhalb einer Woche. Mein Vater starb verschuldet, und unser Heim mußte aufgelöst werden. Meine Schwestern kehrten zu unseren Verwandten im Osten zurück. John und ich aber, die wir damals zweiundzwanzig Jahre alt waren, erhielten durch Ihre gütigen Bemühungen Arbeit in San Franzisko, und zwar in verschiedenen Stadtteilen. Die Umstände erlaubten uns nicht, zusammen zu wohnen, und wir sahen einander nur selten, höchstens einmal in der Woche. Da wir nur wenige gemeinsame Bekannte hatten, war unsere ungewöhnliche Ähnlichkeit kaum bekannt. Damit komme ich zum Kern Ihrer Frage.

Eines Tages kurz nach unserer Ankunft begrüßte mich an einem späten Nachmittag in der Market Street ein gutgekleideter Mann mittleren Alters sehr herzlich und sagte dann: »Ich weiß, Stevens, daß Sie selten ausgehen, aber ich habe meiner Frau von Ihnen erzählt, und sie würde sich sehr freuen, Sie einmal in unserem Haus zu sehen. Ich glaube auch, daß meine Töchter eine Bekanntschaft wert sind. Wenn Sie also Lust haben, kommen Sie doch morgen abend um sechs Uhr zu einem Abendessen *en famille*. Danach könnten wir, wenn Sie sich nicht mit den Damen unterhalten möchten, eine Partie Billard spielen.«

Die Einladung wurde so freundlich und herzlich vorgebracht, daß ich nicht das Herz hatte, sie auszuschlagen, obwohl ich den Mann nie zuvor gesehen hatte. So erwiderte ich also: »Das ist sehr freundlich von Ihnen, Sir, und ich nehme die Einladung gern an. Bitte empfehlen Sie mich Mrs. Margovan. Ich werde mich pünktlich einstellen.«

Mit einem Händedruck und einigen höflichen Worten verabschiedete sich der Mann. Mir war natürlich klar, daß er mich für meinen Bruder gehalten hatte; derartige Verwechslungen waren uns nichts Neues. Woher aber hatte ich gewußt, daß er Margovan hieß? Das ist gewiß kein alltäglicher Name, der einem von selbst auf die Zunge kommt. Und tatsächlich war mir der Name ebenso fremd wie der Mann.

Am nächsten Morgen eilte ich zu dem Haus, in dem mein Bruder beschäftigt war. Er kam gerade mit einigen Rechnungen, die er eintreiben sollte, aus dem Büro. Ich erzählte ihm von meiner Begegnung und von der Einladung, die ich in seinem Namen angenommen hatte, und fügte hinzu, daß ich gern bereit wäre, auch weiterhin seine Rolle zu spielen, falls er selbst nicht hingehen wolle.

»Das ist doch seltsam«, murmelte er nachdenklich. »Margovan ist der einzige hier im Büro, den ich gut kenne und leiden mag. Als wir einander heute morgen begrüßten, sagte ich aus einem mir unverständlichen Antrieb heraus: ›Verzeihen Sie, Mr. Margovan, aber ich vergaß, Sie nach Ihrer Adresse zu fragen.‹ Darauf nannte er mir seine Adresse, aber ich hatte keine Ahnung, was ich damit sollte. Ich danke dir, daß du bereit bist, mich zu vertreten, aber ich möchte selbst dort speisen, wenn es dir recht ist.«

Und es blieb nicht bei dem einen Abendessen. Er speiste

öfter im Haus Margovan, als für ihn gut war; womit nichts gegen die Qualität des Essens gesagt sein soll. Doch er verliebte sich in Miß Margovan und machte ihr einen Heiratsantrag, den sie grausamerweise auch annahm.

Einige Wochen nach der Verlobung – von der mir mein Bruder Nachricht gab, doch hatte ich noch keine Gelegenheit gehabt, die Bekanntschaft seiner Braut zu machen – sah ich eines Tages in der Kearney Street einen stattlichen, aber etwas liederlich wirkenden Mann, dem ich augenblicklich und aus einem seltsamen Antrieb heraus folgte, ohne mich zu bedenken und ohne irgendwelche Skrupel zu empfinden. Er bog in die Geary Street ein und ging bis zum Union Square. Dort schaute er auf seine Uhr und schlenderte dann auf und ab; offenbar erwartete er jemand. Nach einer Weile trat eine schöne und elegant gekleidete junge Frau auf ihn zu, und die beiden gingen in Richtung Stockton Street davon.

Ich folgte ihnen, hielt mich aber diesmal vorsichtig in einiger Entfernung. Denn obwohl mir die junge Frau fremd war, hatte ich doch das Gefühl, daß sie mich sofort erkennen würde, wenn sie mich sähe. Die beiden gingen durch verschiedene Straßen und Gäßchen und verschwanden schließlich, nicht ohne sich vorher hastig nach allen Seiten umgesehen zu haben, in einem Haus, dessen Äußeres weit besser war als seine Bestimmung.

Ich betone, daß es für mich kein greifbares Motiv gab, diesen beiden Fremden nachzuspionieren. Ich tat es aber ohne Gewissensbisse und schäme mich jetzt nicht, es Ihnen einzugestehen.

Eine Woche später führte mich John in das Haus seiner zukünftigen Schwiegereltern ein. Wie Sie gewiß bereits erraten haben, erkannte ich in Miß Margovan die Heldin dieses beschämenden Abenteuers. Mich allerdings überraschte diese Erkenntnis aufs äußerste. Miß Margovan erschien mir noch schöner, als ich sie bei unserer ersten Begegnung gefunden hatte. Aber es konnte keinen Zweifel geben, daß es dieselbe Person war.

Den ganzen Abend über blieb die unglaubliche Ähnlichkeit zwischen John und mir Gegenstand der allgemeinen Verwunderung, die wir mit der Geduld unserer langen Erfahrung ertrugen. Als die junge Dame und ich für ein paar Minuten allein im Zimmer waren, sah ich ihr ins Gesicht und sagte mit plötzlichem Ernst:

»Auch Sie, Miß Margovan, haben eine Doppelgängerin – ich sah sie letzten Dienstag nachmittag am Union Square.«

Sie sah mich überrascht an, wurde dann unsicher und senkte den Blick auf ihre Schuhspitzen.

»War sie mir sehr ähnlich?« fragte sie mit etwas übertriebener Gleichgültigkeit.

»So ähnlich«, erwiderte ich, »daß ich von ihrer Schönheit entzückt war und ihr folgte, bis ich sie in ein gewisses Haus gehen sah. Verstehen Sie mich, Miß Margovan?«

Sie war sehr blaß, aber vollkommen ruhig.

»Was verlangen Sie von mir?« fragte sie. »Nennen Sie nur ruhig Ihre Bedingungen. Ich nehme sie an.«

Sie war ein ungewöhnliches Mädchen, und mir wurde trotz der kurzen Zeit, die ich sie kannte, bereits klar, daß gewöhnliche Methoden bei ihr nicht verfingen.

»Miß Margovan«, sagte ich nicht ohne Mitgefühl, »ich kann nur annehmen, daß Sie das Opfer irgendeines furchtbaren Zwangs sind. Ehe ich Ihnen jetzt neue Schwierigkeiten bereite, möchte ich Ihnen lieber helfen, Ihre Handlungsfreiheit wiederzugewinnen.«

Sie schüttelte nur traurig und hoffnungslos den Kopf. Ich fuhr eindringlicher fort:

»Miß Margovan, Ihre Offenheit und Ihre Bedrängnis entwaffnen mich. Wenn Sie frei nach Ihrem Gewissen handeln könnten, würden Sie sicher das Richtige tun. Falls Ihnen aber die Hände gebunden sind – so helfe Gott uns allen! Von mir haben Sie nur eines zu erwarten, nämlich, daß ich diese Heirat verhindere, unter welchem Vorwand auch immer!«

Damit erhob ich mich und verließ sie ohne einen weiteren Blick. Zu den anderen, die soeben ins Zimmer zurückkamen, sagte ich, so ruhig ich konnte:

»Ich habe mich gerade von Miß Margovan verabschiedet. Es ist schon spät geworden.«

John schloß sich mir an. Auf der Straße fragte er mich, ob mir etwas Besonderes an Julias Verhalten aufgefallen sei.

»Ich hatte den Eindruck, daß sie sich nicht wohl fühlte«, antwortete ich. »Darum bin ich aufgebrochen.« Weiter sagte ich nichts.

Am nächsten Abend kam ich spät nach Hause. Die Ereignisse des vorangegangenen Abends bedrückten und beunruhigten mich so sehr, daß ich mich den ganzen Tag krank gefühlt hatte. Immer mehr verstärkte sich die Vorahnung von irgend etwas Schrecklichem.

Es war eine frostige, neblige Nacht. Mein Haar und meine Kleidung waren feucht, und ich klapperte vor Kälte. Als ich dann in Schlafrock und Hausschuhen vor dem Kohlenfeuer saß, war mir noch weniger wohl. Ich fror zwar nicht mehr, aber mich schauderte, und meine Knie schlotterten. Die Furcht vor einer drohenden Gefahr war so stark, daß ich versuchte, die Ahnungen einer schrecklichen Zukunft durch Erinnerungen an eine qualvolle Vergangenheit zu verscheuchen. Ich dachte an den Tod meiner Eltern, an die letzten traurigen Szenen an ihren Sterbelagern und an ihre Gräber. Alles erschien mir vage und unwirklich, als läge es Jahrzehnte zurück und beträfe eine fremde Person.

Plötzlich durchschnitt, wie ein Schwert ein Seil zerteilt, ein gellender Schrei meine düsteren Träumereien. – Es war ein Schrei in Todesnot, und die Stimme war die meines Bruders! Der Schrei aber schien von der Straße vor meinem Fenster heraufzudringen! Ich sprang zum Fenster und riß es auf. Eine Straßenlaterne auf der anderen Straßenseite warf ihr trübes Licht auf das nasse Pflaster und die Hausfronten. Ein Polizist lehnte an einem Torpfosten, den Kragen hochgeschlagen, und rauchte ruhig seine Zigarre. Sonst war niemand in Sicht.

Ich schloß das Fenster, setzte mich wieder ans Feuer und versuchte meiner Erregung Herr zu werden. Gewohnheitsmäßig blickte ich auf meine Uhr; es war halb zwölf. Da hörte ich wieder den furchtbaren Schrei – und er schien diesmal im Zimmer selbst, dicht neben mir zu erklingen!

Einige Sekunden war ich vor Entsetzen wie gelähmt. Dann sprang ich auf und rannte blindlings, und ohne zu denken, aus dem Haus. Ich weiß nicht, wie ich dahin gekommen bin, aber ich befand mich plötzlich vor einem Haus, vor dem mehrere Wagen standen. Durch die Fenster und die offene Tür sah ich Lichter und hörte aufgeregtes Stimmengewirr. Es war das Haus von Mr. Margovan.

Sie wissen, bester Freund, was dort geschehen war. In einem Zimmer lag Julia Margovan, die schon vor Stunden an Gift gestorben war; und in einem anderen Raum lag John Stevens, der sich eine Pistolenkugel in die Brust geschossen hatte. Als ich ins Zimmer stürzte, den Arzt beiseite stieß und die Hand auf die Stirn meines Bruders legte, schlug dieser die Augen noch einmal auf, starrte blicklos vor sich hin, schloß sie dann langsam und starb ohne ein Zeichen, mich erkannt zu haben.

Sechs Wochen später erst kam ich in Ihrem Haus wieder zu mir, nachdem Ihre gütige Gattin mich gesund gepflegt hatte. Das alles wissen Sie, verehrter Freund. Aber was Sie nicht wissen, ist dies:

Mehrere Jahre nach dieser Tragödie ging ich in einer Mondnacht über den Union Square. Es war spät und der Platz menschenleer. Natürlich stiegen in mir Erinnerungen an die Vergangenheit auf, als ich zu der Stelle kam, an der ich Augenzeuge jener verhängnisvollen Begegnung geworden war. In jener unerklärlichen Perversion, die uns oftmals dazu drängt, gerade bei den schmerzlichen Gedanken zu verweilen, setzte ich mich auf eine Bank im Schatten und überließ mich diesen Erinnerungen.

Da erschien ein Mann auf dem Platz und kam langsam auf mich zu. Er hielt die Hände auf dem Rücken, den Kopf gebeugt und schien nichts um sich her wahrzunehmen. Als er näher kam, erkannte ich in ihm den Mann, den ich vor Jahren mit Julia Margovan an ebendieser Stelle beobachtet hatte. Aber er hatte sich schrecklich verändert: Er war grau geworden und wirkte vergrämt und abgezehrt. Seine Kleidung war verkommen, er selbst sah krank und elend aus. Das Haar hing ihm wild in die Stirn.

Ohne klare Absicht stand ich auf und trat ihm in den Weg. Er hob den Kopf, sah mir ins Gesicht, und eine unbeschreibliche Veränderung ging in seinen Zügen vor. Mit weitaufgerissenen Augen, in denen sprachloses Entsetzen stand, starrte er mich an wie ein Gespenst. Aber er war ein mutiger Mann.

»Verflucht sollst du sein, John Stevens!« schrie er, hob die zitternde Faust und schlug sie mir schwächlich ins Gesicht. Dann stürzte er zu Boden, denn ich wandte mich nur um und ging davon.

Dort fand man ihn etwas später tot auf. Sonst ist nichts von ihm bekannt, nicht einmal sein Name. Es genügt, von einem Menschen zu wissen, daß er tot ist.

Chickamauga

Eines sonnigen Nachmittags im Herbst lief ein Kind beim Spielen von seinem ländlichen Elternhaus weg über ein schmales Feld und gelangte unbemerkt in den Wald. Es war glücklich in seinem neuen Gefühl, von Beaufsichtigung frei zu sein, glücklich über die Gelegenheit zu Abenteuern. Denn der Geist dieses Kindes war durch das Blut seiner Vorfahren seit Tausenden von Jahren zu Entdeckungs- und Eroberungstaten erzogen worden, zu Siegen in Schlachten, die über Jahrhunderte entschieden, deren Sieger sich Feldlager errichteten, die zu Städten aus behauenem Stein geworden waren. Von der Wiege seiner Rasse an hatte dieses Heldentum sich seinen Weg über zwei Kontinente hin erobert und war, nachdem es ein Weltmeer gekreuzt hatte, in einen dritten Kontinent eingedrungen, zu Krieg und Herrschaft, als seinem Erbe, bestimmt.

Das Kind war ein Knabe von etwa sechs Jahren, der Sohn eines armen Pflanzers. Der Vater war in jüngeren Jahren Soldat gewesen, hatte gegen nackte Wilde gefochten und war der Fahne seines Landes weit in den Süden, in die Hauptstadt einer zivilisierten Bevölkerung gefolgt. In dem friedlichen Leben eines Pflanzers lebte das kriegerische Feuer fort – einmal entflammt, erlischt es nie mehr. Der Mann liebte militärische Bücher und Bilder, und der Knabe hatte genug begriffen, um sich selber ein Holzschwert zu machen, obwohl sogar das Auge seines Vaters es kaum als das erkannt hätte, was es vorstellte. Diese Waffe trug er jetzt voll Tapferkeit, wie es dem Sohn einer heldischen Rasse ansteht, und hin und wieder auf den sonnigen Lichtungen des Waldes innehaltend, nahm er mit etwas Übertreibung die Angriffs- und Verteidigungsstellungen ein, in denen er durch die Kunst der Kupferstecher unterwiesen worden war. Unvorsichtig gemacht durch die Mühelosigkeit, mit der er unsichtbare Feinde überwältigte, die versucht hatten, seinen Vormarsch aufzuhalten, beging er den recht häufigen militärischen Fehler, die Verfolgung bis zu einem gefährlichen Extrem zu treiben, so lange, bis er am Ufer eines breiten, aber seichten Flusses stand, dessen rasch fließendes Wasser seinem direkten Vormarsch gegen den fliehenden Feind, der unbegreiflich leicht hinübergelangt war, Einhalt gebot. Aber der unerschrockene Sieger war nicht zu verwirren. Der Geist der Rasse, die das Weltmeer durchkreuzt hatte, brannte unüberwindbar in dieser kleinen Brust und war nicht zu verleugnen. Er fand eine Stelle, wo ein paar Steinblöcke im flachen Strombett lagen, nicht weiter als einen Schritt oder Sprung voneinander entfernt, und indem er seinen Weg querüber fortsetzte, fiel er von neuem über die Nachhut seines imaginären Feindes her und tötete alle mit dem Schwerte.

Jetzt, da die Schlacht gewonnen war, forderte die Klugheit, daß er sich auf seine Operationsbasis zurückzog. Aber leider – wie so mancher mächtigere Sieger und wie ein bestimmter, der allermächtigste, konnte er nicht bezwingen seine Gier nach Krieg, noch lernen, daß versuchtes Glück sogar dem Größten wehrt den Sieg.

Vom Flußufer aus weiter vordringend, fand er sich plötzlich einem neuen und schrecklicheren Feind gegenüber: auf dem Pfad, dem er gefolgt war, saß kerzengerade, mit aufgestellten Ohren und vorn herunterhängenden Pfoten ein Kaninchen. Mit einem entsetzten Schrei drehte der Knabe sich um und floh, er wußte nicht, in welche Richtung, mit unartikulierten Schreien nach seiner Mutter rufend, weinend, stolpernd – die zarte Haut grausam von Dornen zerrissen, das kleine Herz vor Entsetzen hart klopfend –, atemlos, tränenblind, verirrt im Wald. Dann streifte er mehr als eine Stunde mit strauchelnden Füßen durch das verwachsene Unterholz, bis er endlich, von Müdigkeit überwältigt, sich auf eine schmale Stelle zwischen zwei Felsen, ein paar Schritt vom Fluß entfernt, niederlegte und sich, sein Holzschwert, das jetzt nicht mehr eine Waffe, sondern ein Kamerad war, immer noch fest umklammernd, in den Schlaf weinte. Über seinem Kopf sangen lustig die Waldvögel; die Eichhörnchen, die Pracht ihrer Schwänze schwingend, liefen belfernd von Baum zu Baum, nichts ahnend von diesem Jammer, und irgendwo weit entfernt grollte seltsamer, dumpfer Donner, als ob Rebhühner trommelten zur Feier des Sieges der Natur über den Sohn ihrer ewigen Unterdrücker. Und auf der kleinen Plantage, wo weiße und schwarze Menschen hastig und in Angst die Felder und Heckenraine absuchten, brach fast das Herz einer Mutter wegen ihres verschollenen Kindes.

Das Abendfrösteln steckte ihm in den Gliedern, die Angst vor dem Dunkelwerden im Herzen. Aber er war ausgeruht und weinte nicht mehr. In irgendeinem blinden Instinkt, der ihn zu handeln trieb, kämpfte er sich durchs Unterholz und gelangte auf etwas lichteren Grund – zur Rechten war der Fluß, zur Linken eine sanfte Böschung mit vereinzelten Bäumen, und über dem Ganzen lag die zunehmende Schwermut des Zwielichts. Ein dünner, geisterhafter Nebel stieg über dem Wasser auf. Das ängstigte ihn und trieb ihn zurück. Anstatt den Fluß wieder zu überqueren, in der Richtung, aus der er gekommen war, drehte er ihr den Rücken und ging vorwärts, dem dunklen, dichten Wald zu. Plötzlich gewahrte er etwas Seltsames, sich Bewegendes, was er für irgendein großes Tier hielt – einen Hund, ein Schwein – er wußte es nicht. Vielleicht war es ein Bär. Er kannte Bilder von Bären, wußte aber nichts Nachteiliges über sie und hatte sich schon vage gewünscht, einen zu sehen. Aber irgend etwas in Gestalt und Bewegung dieses Dinges dort, etwas in der Unbeholfenheit seines Näherkommens, sagte ihm, daß es kein Bär war, und Neugierde überwog die Furcht. Er blieb stehen, und als es langsam herankam, wurde er mutiger, weil er sah, daß es wenigstens nicht die langen, bedrohlichen Ohren des Kaninchens hatte. Vielleicht kam seiner eindrucksfähigen Seele auch durch die torkelnden, unbeholfenen Bewegungen halbwegs etwas Bekanntes zum Bewußtsein. Bevor das Ding nah genug herangekommen war, um seine Zweifel zu lösen, sah er, daß noch ein zweites ihm folgte und noch eines. Und rechts und links waren noch viel mehr, die ganze Lichtung ringsum wimmelte jetzt von ihnen – und alle bewegten sie sich zum Fluß hin.

Es waren Menschen. Sie krochen auf Händen und Knien; sie benutzten nur die Hände und zogen die Beine nach; sie benutzten nur die Knie, und ihre Arme schleiften an der Seite; sie wollten sich auf die Füße stellen, fielen bei dem Versuch aber längelang hin. Sie taten nichts auf natürliche Art und nichts gemeinsam, außer daß sie langsam in ein und dieselbe Richtung strebten. Einzeln, zu zweit, in kleineren Gruppen kamen sie durch die Dämmerung. Ein paar hielten, während andere langsam an ihnen vorbeikrochen, da und dort inne, dann krochen sie wieder weiter. Sie kamen zu Dutzenden und zu Hunderten; so weit man in beiden Richtungen in der Dämmerung sehen konnte, sah man sie, und der schwarze

Wald hinter ihnen schien unerschöpflich, der Erdboden selbst schien in Bewegung geraten zu sein, auf den Fluß zu. Manchmal bewegte einer, der gehalten hatte, sich nicht wieder weiter, sondern blieb reglos liegen. Er war tot. Ein paar, die innehielten, machten befremdliche Gesten mit den Händen, streckten die Arme aus und ließen sie wieder fallen, griffen sich an den Kopf oder breiteten die Handflächen nach oben, wie Menschen manchmal tun, wenn sie im Gottesdienst beten.

Das Kind bemerkte all dies nur teilweise, es sind Dinge, die ein älterer Beobachter bemerkt hätte. Es gewahrte nicht viel mehr, als daß dies Männer waren, wenn sie auch am Boden krochen. Da es Menschen waren, waren sie nicht zu fürchten, obwohl einige seltsam gekleidet waren. Der Knabe bewegte sich ungehindert zwischen ihnen, ging vom einen zum anderen und starrte ihnen mit kindlicher Neugier ins Gesicht. Ihre Gesichter waren alle sonderbar weiß, und viele waren rot gestreift und gefleckt. Etwas daran, vielleicht auch etwas in ihren grotesken Stellungen und Bewegungen, erinnerte ihn an den bemalten Clown, den er letzten Sommer im Zirkus gesehen hatte, und er lachte, während er ihnen zusah. Aber immer weiter und weiter krochen sie, diese verstümmelten und blutenden Menschen, und beobachteten den tragikomischen Gegensatz zwischen seinem Gelächter und ihrem eigenen furchtbaren Zustand so wenig wie er. Für ihn war es ein vergnügliches Schauspiel, er hatte die Neger seines Vaters zu seinem Gaudium auf Händen und Knien kriechen gesehen, und er war dann auf ihnen geritten und hatte gespielt, sie seien seine Pferde. Jetzt trat er von rückwärts zu einer dieser krabbelnden Gestalten und schwang sich ihr behende rittlings auf den Rücken.

Der Mann sank auf die Brust, besann sich und schleuderte den kleinen Jungen wütend herunter, wie ein wildes Fohlen es tun würde; dann wandte er ihm ein Gesicht zu, dem der Unterkiefer fehlte – von den oberen Zähnen bis zur Kehle war ein großes rotes Loch, befranst mit hängenden Fleischfetzen und Knochensplittern. Das unnatürliche Vorspringen der Nase, das Fehlen des Kinns und die wütenden Augen gaben dem Mann das Aussehen eines großen Raubvogels, an Kehle und Brust rot gefärbt vom Blut seiner Beute. Der Mann erhob sich auf die Knie, das Kind auf die Füße. Der Mann schüttelte seine Faust gegen das Kind, und dieses, endlich erschreckt, lief zu einem nahen Baum, suchte Deckung dahinter und prüfte die Situation etwas ernsthafter. Und so schleifte sich die unheimliche Prozession langsam und mühselig in grausiger Pantomime dahin, bewegte sich die Halde hinunter wie ein Schwarm von großen schwarzen Käfern, ohne das mindeste Geräusch, in tiefer, vollkommener Stille.

Statt dunkel zu werden, begann die heimgesuchte Landschaft sich zu erhellen. Durch die Baumreihen jenseits des Flusses leuchtete ein merkwürdiges rotes Licht, die Stämme und Äste bildeten gegen diesen Hintergrund ein schwarzes Spitzenwerk. Es beleuchtete die kriechenden Gestalten und lieh ihnen monströse Schatten, die ihre Bewegungen auf dem erhellten Gras verzerrt wiedergaben. Es fiel auf ihre Gesichter, berührte ihre Blässe mit rötlicher Tönung und verstärkte die Flecken, mit denen so viele von ihnen gesprenkelt und bedeckt waren. Es funkelte auf den Knöpfen und Metallstükken ihrer Kleidung. Unwillkürlich wandte sich der Knabe der zunehmenden Pracht entgegen; er ging neben seinen fürchterlichen Gefährten den Hang hinunter und hatte nach ein paar Augenblicken die Vorhut der Schar überholt – keine große Leistung in Anbetracht seiner Überlegenheit. Sein hölzernes Schwert noch immer in der Hand, setzte er sich an die Spitze und führte feierlich den Zug an, sein Tempo dem ihrigen anpassend und sich gelegentlich umwendend, als ob er darauf achten wollte, daß seine Streitmacht sich nicht zerstreue. Gewiß hat noch niemals ein solcher Anführer eine solche Gefolgschaft gehabt.

Auf dem Erdboden, der sich jetzt langsam durch das Vordringen des grauenvollen Zuges füllte, lagen gewisse Gegenstände, an die sich für den Anführer keine bestimmten Gedankenverbindungen knüpften – eine vereinzelte Schlafdecke, fest der Länge nach gerollt, zusammengelegt und die beiden Enden mit einem Strick gebunden, hier ein schwerer Tornister, dort eine zerbrochene Muskete, kurzum, lauter Sachen, wie man sie hinter zurückweichenden Truppen findet, die sogenannte Fährte von Menschen, die vor ihrem Verfolger fliehen. Überall in der Nähe des Flusses, der hier ein tief gelegenes Ufer hatte, war der Boden von den Tritten von Menschen und Pferden zu Morast zertrampelt. Jemand, der im Gebrauch seiner Augen geübter gewesen wäre, hätte bemerkt, daß diese Fußspuren in beide Richtungen wiesen: die Stelle war zweimal passiert worden, im Vormarsch und auf dem Rückzug. Ein paar Stunden zuvor waren diese verzweifelten, geschlagenen Männer zusammen mit ihren glücklicheren, jetzt weit entfernten Kameraden in den Wald eingedrungen. Ihre einander folgenden Bataillone, die ausschwärmten und sich wieder zu Linien formierten, waren rechts und links an dem Kind vorübergekommen – hatten es fast getreten, während es schlief. Das Rascheln und Murmeln während ihres Vormarsches hatten es nicht geweckt. Nicht weiter als ein Steinwurf von ihm entfernt hatten sie eine Schlacht geschlagen, aber von dem Heulen der Musketen, dem Kanonendonner, dem anfeuernden Geschrei der Offiziere hatte es nichts gehört. Es hatte alles verschlafen, während es vielleicht sein kleines Holzschwert mit festerem Griff umklammerte, in unbewußter Sympathie für seine kriegerische Umgebung, um die Erhabenheit des Kampfes aber so unbekümmert wie die Toten, welche starben, um den Sieg herbeizuführen. Der Schein des Feuers hinter dem Waldgürtel jenseits des Flusses, anfangs von dem Dach seines eigenen Rauches auf die Erde zurückgeworfen, breitete sich jetzt über die ganze Gegend aus. Er verwandelte den wallenden Nebelstreifen in goldenen Dampf, das Wasser schimmerte von roten Reflexen, und rot waren auch viele von den Steinen, die aus der Oberfläche ragten. Aber das war Blut, denn die weniger schwer Verwundeten hatten sie beim Überqueren des Flusses befleckt. Auf diesen Steinen überquerte jetzt auch das Kind mit eifrigen Schritten den Fluß, es wollte zum Feuer. Als es am anderen Ufer stand, drehte es sich nach den Gefährten seines Marsches um. Die Vorhut erreichte gerade das Wasser, die Kräftigeren hatten sich schon ans Ufer geschleppt und tauchten ihre Gesichter in die Flut. Drei oder vier von ihnen, die ganz reglos dalagen, sahen aus, als ob sie keine Köpfe hätten. Bei diesem Anblick weiteten sich die Augen des Knaben vor Staunen: nicht einmal seine so empfängliche Phantasie vermochte ein Phänomen hinzunehmen, das eine derartige Ausdauer voraussetzte. Nachdem sie ihren Durst gelöscht hatten, besaßen diese Menschen nicht mehr die Kraft, sich vom Wasser wegzuheben oder auch nur den Kopf hochzuhalten. Sie waren ertrunken. Hinter ihnen zeigten die offenen Stellen im Wald dem Anführer noch genauso viele formlose Gestalten wie zuvor, aber bei weitem nicht mehr so viele, die sich noch bewegten. Er schwenkte seine Mütze, um sie zu ermutigen, und deutete lächelnd mit seiner Waffe in die Richtung des geleitenden Lichtes – eine Feuersäule für diesen seltsamen Exodus.

Der Treue seiner Streitkräfte vertrauend, betrat er jetzt den Waldstreifen, durchquerte ihn rasch bei der roten Beleuchtung, überkletterte einen Zaun, lief über ein Feld, drehte sich hin und wieder um, um seinem Schatten zuzuwinken, der seinen Gruß erwiderte, und gelangte so an die in Flammen stehende Ruine eines Wohnhauses. Verwüstung allenthalben. In all dem weiten, blendenden Licht war kein einziges Lebewesen sichtbar, aber daraus machte er sich nichts, das Schauspiel war vergnüglich, und er hüpfte voller Lust und ahmte die wehenden Flammen nach. Er lief umher, um Brennstoff zu sammeln, aber alle Gegenstände, die er fand, waren zu schwer für ihn, um sie aus der Distanz, zu der die Hitze ihn zwang, in die Flammen zu werfen. Aus Verzweiflung schleuderte er sein Schwert hinein, ein Zeichen, daß er vor den überlegenen Streitkräften der Natur die Waffen streckte. Seine militärische Karriere war zu Ende.

Als er sich umwandte, fielen seine Blicke auf ein paar Nebengebäude, die ein merkwürdig bekanntes Aussehen hatten, als hätte er schon einmal von ihnen geträumt. Er stand und betrachtete sie voll Verwunderung, als plötzlich die ganze Plantage mitsamt dem sie umgebenden Wald sich wie um eine Achse zu drehen schien. Seine kleine Welt beschrieb einen Halbkreis, der Zeiger des Kompasses schwang zurück, er erkannte das flammende Gebäude als sein Elternhaus.

Einen Augenblick stand er betäubt von der Wucht der Entdeckung, dann lief er mit stolpernden Füßen halb um die Ruine herum. Da, deutlich im Licht des Brandes, lag der tote

Körper einer Frau, das weiße Gesicht nach oben, die Arme ausgebreitet, die Hände um Büschel von Gras geklammert, die Kleider zerrissen, das lange, dunkle Haar wirr und voll von geronnenem Blut. Der größte Teil der Stirn war fortgerissen, und aus dem gezackten Loch quoll das Hirn heraus, floß über die Schläfe, eine schaumige graue Masse, bekränzt mit Trauben kleiner roter Blasen – das Werk einer Granate.

Das Kind bewegte seine kleinen Hände, machte wilde, unbestimmbare Gesten. Es stieß eine Folge unartikulierter und nicht zu schildernder Schreie aus – etwas zwischen dem Schnattern eines Affen und dem Kollern eines Truthahns, ein erschreckender, seelenloser, unheimlicher Laut, die Sprache eines bösen Geistes. Das Kind war taubstumm.

Dann stand es reglos, mit bebenden Lippen, und blickte auf den Trümmerhaufen.

Ein Grab ohne Boden

Ich heiße John Brenwalter. Mein Vater, ein Trunkenbold, besaß ein Patent für die Erfindung, Kaffeebohnen aus Lehm herzustellen, aber er war ein Ehrenmann und wollte sich an der Herstellung nicht selber beteiligen. Aus diesem Grunde war er nicht sehr reich, denn die Gewinnanteile aus dieser wirklich wertvollen Erfindung brachten kaum genug ein, um die Kosten der Rechtsstreitigkeiten mit schuftigen Betrügern zu decken. So entbehrte ich denn viele Vorteile, die den Kindern von skrupellosen und unehrenhaften Eltern zuteil werden, und wäre nicht die Hochherzigkeit und Fürsorglichkeit meiner Mutter gewesen, die alle meine Geschwister vernachlässigte und meine Erziehung persönlich leitete, so wäre ich in Unwissenheit aufgewachsen und hätte Lehrer werden müssen. Das Lieblingskind einer guten Frau zu sein ist eben mehr wert als Gold.

Als ich das Alter von neunzehn Jahren erreichte, hatte mein Vater das Malheur, zu sterben. Er war stets von perfekter Gesundheit gewesen, und sein Tod, der während der Abendmahlzeit und ohne jede vorherige Warnung eintrat, überraschte niemanden mehr als ihn selbst. Am gleichen Morgen hatte er die Nachricht empfangen, daß man ihm ein Patent bewilligt habe für die Erfindung, Safes mit Hilfe hydraulischen Druckes geräuschlos aufzusprengen. Das Patentamt hatte es die sinnreichste, wirkungsvollste und überhaupt verdienstvollste Erfindung genannt, die ihm je unterbreitet wurde, und natürlich hätte mein Vater einem Alter in Wohlstand und Ehren entgegensehen können. So war sein plötzlicher

Tod also eine tiefe Enttäuschung für ihn, doch meine Mutter, deren hervorstechende Charaktereigenschaften Frömmigkeit und Ergebung in den Willen des Himmels waren, war offensichtlich weniger tief bewegt. Beim Ende der Mahlzeit, und als der Leichnam meines armen Vaters vom Fußboden entfernt worden war, rief sie uns alle in das anstoßende Zimmer und sprach zu uns folgendermaßen:

»Liebe Kinder, der ungewöhnliche Vorfall, dem ihr soeben beigewohnt habt, ist einer der allerunangenehmsten im Leben eines braven Mannes und einer, der mir wenig Vergnügen bereitet, wie ich euch versichere. Ich bitte euch, zu glauben, daß ich nichts getan habe, ihn herbeizuführen. Selbstverständlich«, fügte sie nach einer Pause hinzu, während der sie tief in Gedanken verloren die Augen gesenkt hatte, »selbstverständlich ist es besser, daß er tot ist.«

Dies sagte sie mit einem so klaren Gefühl für das Einleuchtende einer sich von selbst aufdrängenden Wahrheit, daß keiner von uns den Mut hatte, sie mit dem Ersuchen um eine Erklärung zu überfallen. Der Ausdruck der Überraschung, den meine Mutter zeigte, wenn sich jemand von uns unpassend benahm, war uns schrecklich. Als ich mir eines Tages in einem Anfall schlechter Laune die Freiheit gestattet hatte, dem Jüngsten ein Ohr abzuschneiden, erschienen mir ihre schlichten Worte »John, du überraschst mich« als ein so scharfer Tadel, daß ich nach einer schlaflosen Nacht in Tränen aufgelöst zu ihr ging, mich ihr zu Füßen warf und ausrief: »Mutter, verzeih mir, daß ich dich überrascht habe!« Und so fühlten wir denn alle, inklusive des einohrigen Jüngsten, daß die Dinge glatter vonstatten gehen würden, wenn wir die Feststellung, es sei für unseren lieben Vater irgendwie besser, tot zu sein, ohne weitere Fragen hinnahmen. Meine Mutter fuhr fort:

»Ich muß euch mitteilen, liebe Kinder, daß bei plötzlichen und mysteriösen Todesfällen es das Gesetz verlangt, daß der Leichenbeschauer erscheint, die Leiche in Stücke schneidet und diese einer Anzahl von Leuten vorlegt, welche, nachdem sie dieselben untersucht haben, die betreffende Person für tot erklären. Hierfür erhält der Leichenbeschauer eine große Summe Geldes. Ich wünsche diese peinliche Formalität im vorliegenden Falle zu vermeiden. Sie würde keinesfalls die Zustimmung eures – der sterblichen Überreste finden. John –«, hier wandte meine Mutter ihr Engelsgesicht zu mir, »du bist ein gebildeter junger Mann und sehr verschwiegen. Du hast jetzt Gelegenheit, deine Dankbarkeit für all die Opfer zu zeigen, die deine Erziehung uns anderen aufgebürdet hat. John, geh hin und räume den Leichenbeschauer beiseite.«

Unsäglich beglückt über diesen Vertrauensbeweis meiner Mutter und über die Gelegenheit, mich durch eine Tat auszuzeichnen, die meinen natürlichen Anlagen entsprach, kniete ich vor ihr nieder, zog ihre Hand an meine Lippen und badete sie mit Tränen der Rührung. Noch vor fünf Uhr nachmittags hatte ich den Leichenbeschauer beiseite geräumt.

Ich wurde sofort verhaftet und ins Gefängnis geworfen, wo ich eine höchst unangenehme Nacht verbrachte, da ich infolge der Gewöhnlichkeit meiner Mitgefangenen nicht zu schlafen vermochte, zweier Geistlicher, deren theologisches Training ihnen eine Fülle von ruchlosen Ideen und eine blasphemische Ausdrucksweise ohnegleichen verliehen hatte. Doch gegen Morgen betrat der Gefängniswärter, der in einem Nebenraum schlief und ebenfalls davon gestört wurde, die Zelle und machte die Ehrwürden mit einem furchtbaren Schwur darauf aufmerksam, daß ihr geweihter Beruf ihn, falls er sie noch ein einziges Mal fluchen höre, nicht daran hindern werde, sie auf die Straße zu werfen. Hierauf mäßigten sie ihre fragwürdige Konversation, griffen zu einer Ziehharmonika, und ich schlief den friedvollen und erfrischenden Schlaf der Jugend und Unschuld.

Am nächsten Tag wurde ich vor den Ersten Richter gebracht, der der ehrenamtlichen Richterkommission angehörte und mit der Voruntersuchung meines Falles betraut war. Ich erklärte mich für nicht schuldig und fügte hinzu, daß der Mann, den ich ermordet hätte, ein notorischer Demokrat gewesen sei. (Meine liebe Mutter war Republikanerin, und seit frühester Kindheit war ich sorgfältig von ihr über die Prinzipien einer ehrenhaften Regierung instruiert worden und über die Notwendigkeit, Parteienopposition zu unterdrükken.) Der Richter, gewählt durch eine republikanische Wahlurne mit verschiebbarem Boden, war sichtlich beeindruckt von der Stichhaltigkeit meiner Erklärung und bot mir eine Zigarette an.

»Wenn es Euer Ehren gefällig ist«, begann der Staatsanwalt, »ich erachte in diesem Falle für unnötig, einen Beweis zu erbringen. Nach dem Landesgesetz sitzen Sie hier ehrenamtlich ausübend zu Gericht. Es ist daher Ihre Pflicht, auszuüben. Zeugenaussagen und Gegenargumente gleichermaßen würden Zweifel daran unterstellen, daß Euer Ehren beabsichtigen, Ihrer beschworenen Pflicht nachzukommen. Dies ist meine Anschauung.«

Mein Verteidiger, ein Bruder des verblichenen Leichenbeschauers, erhob sich und sagte: »Wenn es dem Hohen Gericht gefällig ist – mein gelehrter Freund dort drüben hat das Gesetz, dem dieser Fall unterliegt, so gut und beredt ausgelegt, daß mir nur noch nach dem Grade zu forschen bleibt, bis zu welchem es bereits erfüllt worden ist. Es stimmt, Euer Ehren sind ehrenamtlich Ausübender, und als solcher ist es Ihre Pflicht, auszuüben: was? Dies ist eine Frage, die das Gesetz weise und gerecht Ihrem eigenen Ermessen überlassen hat, und weise haben Sie bereits jegliche Verbindlichkeit aufgehoben, die das Gesetz auferlegt. Solange ich Euer Ehren kenne, haben Sie nichts getan als unentwegt ausgeübt. Sie haben Bestechung ausgeübt, Diebstahl, Brandstiftung, Meineid, Unzucht, Mord – jedes Verbrechen aus dem Gesetzbuch und jeden Exzeß, den Ausschweifende und Verderbte kennen, meinen gelehrten Freund dort, den Staatsanwalt, mit inbegriffen. Sie haben alle Ihre Pflichten als beamteter Ausübender erfüllt, und da kein Beweismaterial gegen diesen ehrenwerten jungen Mann, meinen Klienten, vorliegt, beantrage ich seinen Freispruch.«

Ein eindrucksvolles Schweigen folgte. Der Richter erhob sich, setzte das schwarze Barett auf, und mit vor Bewegung bebender Stimme verurteilte er mich zu Leben und Freiheit. Sodann wandte er sich zu meinem Verteidiger und sagte kalt, aber bedeutsam:

»Wir sprechen uns noch.«

Am nächsten Morgen war der Rechtsanwalt, der mich so gewissenhaft gegen eine Anklage, seinen eigenen Bruder ermordet zu haben, verteidigt hatte – er hatte mit ihm Zwistigkeiten wegen eines Grundbesitzes gehabt –, verschwunden, und sein Schicksal ist bis auf den heutigen Tag unbekannt.

In der Zwischenzeit war der Leichnam meines armen Vaters heimlich um Mitternacht im Hinterhof seines einstigen Wohnsitzes begraben worden, in seinen einstigen Stiefeln und mit dem unanalysierten Inhalt seines einstigen Magens.

»Er war Schaustellungen abhold«, sagte meine teure Mutter, als sie das Feststampfen der Erde über ihm beendigt hatte und den Kindern dabei half, etwas Stroh auf dem Platz herumzustreuen, »er kannte nur häusliche Freuden und liebte ein zurückgezogenes Dasein.«

Die Eingabe meiner Mutter um Vollmachten besagte, daß sie gute Gründe habe anzunehmen, daß der Verschwundene tot sei, denn er sei seit mehreren Tagen nicht zu den Mahlzeiten zu Hause erschienen. Aber der Richter beim Gericht für Erbschaftsabjagung, wie sie es fortan verachtungsvoll nannte, entschied, daß der Todesbeweis ungenügend sei, und legte den Besitz in die Hände des öffentlichen Nachlaßverwalters, der sein Schwiegersohn war. Es stellte sich heraus, daß der Nachlaß genau zur Schuldendeckung ausreichte, und nichts blieb davon übrig als das Patent für die Erfindung, Safes mit Hilfe hydraulischen Druckes geräuschlos aufzusprengen, und dieses war in den Besitz des Erbschaftsrichters und des Nachlaßverwüsters übergegangen, wie es meiner teuren Mutter beliebte, ihn zu betiteln. So also war eine ehrenhafte, respektable Familie in ein paar kurzen Monaten aus Wohlstand in Kriminalität hineingetrieben. Not zwang uns, ans Werk zu gehen.

Bei der Berufswahl leitete uns eine Anzahl von Überlegungen, wie persönliche Eignung, Neigungen und so weiter. Meine Mutter eröffnete eine erlesene Privatschule zur Erlernung der Kunst, die Flecken auf Bettvorlegern aus Leopardenfell umzugruppieren; mein ältester Bruder, George Henry, der eine Vorliebe für Musik hatte, wurde Trompeter in einem nahe gelegenen Asyl für Taubstumme; meine Schwester Mary Maria nahm Bestellungen entgegen für Professor Pumpernikkels aus Sicherheitsschlössern gewonnene Essenz zum Würzen von Mineralquellen, und ich installierte mich, um die Querbalken für Galgen zuzurichten und zu vergolden. Die übrigen Kinder, zu jung noch für Schwerarbeit, fuhren fort, außen vor den Geschäften ausgestellte kleinere Artikel zu stehlen, wie man es sie gelehrt hatte.

In unseren Mußestunden lockten wir Vorüberwandernde in unser Haus und begruben die Leichen in einem Keller.

In einem Teil dieses Kellers bewahrten wir Weine, Schnäpse und Lebensmittel auf. Aus dem rapiden Tempo ihres Verschwindens gewannen wir die abergläubische Überzeugung, daß die Geister der dort begrabenen Personen in tiefer Nacht erschienen und Festivitäten abhielten. Unbestreitbar war zumindest, daß wir des Morgens häufig Reste von eingemachtem Fleisch entdeckten, auch von Büchsenkonserven, und ähnliche Überbleibsel, die dort verstreut herumlagen, obgleich der Ort wohlverschlossen und gegen menschliche Eindringlinge sicher verwahrt war. Der Vorschlag wurde erwogen, die Lebensmittel zu entfernen und sie woanders aufzustapeln, aber unsere liebe Mutter, großzügig und gastfreundlich wie stets, sagte, es sei besser, den Verlust zu ertragen als eine Entdeckung zu riskieren: wenn man den Gespenstern dieses geringfügige Vergnügen verwehre, so würden sie womöglich eine Untersuchung in Gang bringen, die unsere Methode der Arbeitsteilung zerstören könnte, indem sie die Funktionen der gesamten Familie auf eine einzige Tätigkeit umleitete, nämlich die von mir ausgeübte: vielleicht würden dann wir alle die Querbalken von Galgen verzieren. Wir unterwarfen uns ihrer Entscheidung mit dem kindlichen Gehorsam, der unserer Ehrfurcht vor ihrer welterfahrenen Weisheit und vor der Sauberkeit ihres Charakters angemessen war.

Eines Abends, als wir alle im Keller waren – keiner wagte

es, ihn allein zu betreten –, damit beschäftigt, dem Bürgermeister eines Nachbarstädtchens die erhebende Dienstleistung eines christlichen Begräbnisses zu erweisen, wobei meine Mutter und die kleineren Kinder Kerzen hielten, während George Henry und ich uns mit Spaten und Hacke abmühten, stieß meine Schwester Mary Maria einen Schrei aus und hielt sich die Augen zu. Wir alle erschraken furchtbar, und das Leichenbegängnis des Bürgermeisters wurde sofort unterbrochen, während wir sie mit bleichen Gesichtern und bebenden Stimmen anflehten, uns zu sagen, was sie so alarmiert habe. Die kleineren Kinder waren so aufgeregt, daß sie ihre Kerzen nicht mehr ruhig hielten, und die gleitenden Schatten unserer Gestalten tanzten mit unbeholfenen, grotesken Bewegungen an den Wänden und warfen sich in die unheimlichsten Posituren. Das Gesicht des Toten, das gespenstisch im Licht aufschimmerte, dann wieder in einem der huschenden Schatten verschwand, nahm bei jedem Wiederauftauchen einen neuen und widerwärtigeren Ausdruck an, schien immer bösartiger zu drohen. Durch den Aufschrei des Mädchens fast noch erschrockener als wir, rasten die Ratten in Unmengen herum, quiekten schrill oder ließen aus irgendeinem entlegenen Winkel in die schwarze Dunkelheit hinein unbewegliche Augen glitzern, Punkte nur aus grünem Licht, die zu dem schwachen Phosphoreszieren der Fäulnis paßten, welches das halb ausgehobene Grab füllte und wie die sichtbare Manifestation des faden Geruches nach Sterblichkeit wirkte, der die ungesunde Luft vergiftete. Die Kleinen weinten jetzt und klammerten sich an die Arme und Beine der älteren Geschwister, während sie ihre Kerzen fallen ließen, und wir standen in beinahe völliger Finsternis, abgesehen von diesem unheimlichen Licht, das sachte aus dem aufgewühlten Erdboden aufstieg und sich wie eine Quelle über die Ränder des Grabes ergoß.

Inzwischen hatte meine Schwester, die sich in den beim Graben aufgeworfenen Erdhaufen hineingekauert hatte, ihre Hände vom Gesicht genommen und starrte mit aufgerissenen Augen auf eine dunkle Stelle zwischen zwei Weinfässern.

»Da ist es! Da ist es!« kreischte sie und zeigte hin. »Gott im Himmel! Seht ihr es denn nicht?«

Und wahrhaftig, dort war es! Eine menschliche Gestalt, im Halbdunkel nur undeutlich zu erkennen, eine Gestalt, hin und her schwankend, sich an den Fässern festhaltend, wie um nicht hinzufallen, war jetzt hervorgestolpert und stand einen Augenblick lang sichtbar im Licht unserer restlichen Kerzen, dann taumelte sie heftig und schlug längelang zu Boden. In diesem Moment hatten wir alle die Gestalt erkannt, das Gesicht, die Haltung unseres Vaters – tot seit zehn Monaten und beerdigt von unseren eigenen Händen! Unser Vater, unbezweifelbar auferstanden und haarsträubend betrunken!

Bei den Einzelheiten unserer überstürzten Flucht von diesem grauenhaften Ort – der Vernichtung allen menschlichen Gefühls bei dem panischen, wahnsinnigen Emporhasten die feuchten, modrigen Stufen hinauf, ausgleitend, fallend, einer den andern zurückreißend und einer über den Rücken des anderen trampelnd, die Lichter verlöscht, die Kleinen von den Schuhen ihrer kräftigen Brüder niedergetreten und von Mutterarmen zurück- und zu Tode geschleudert –, bei alledem wage ich nicht zu verweilen. Meine Mutter, mein ältester Bruder, meine älteste Schwester und ich – wir entkamen. Die übrigen blieben unten, um an ihren Wunden oder an ihrem Entsetzen zugrunde zu gehen, ein paar vielleicht auch in den Flammen. Denn innerhalb einer Stunde hatten wir vier, nachdem wir eilends das, was wir an Geld und Juwelen besaßen und was wir an Kleidern schleppen konnten, zusammengesucht hatten, die Stätte in Brand gesetzt und waren bei dieser Beleuchtung in die Berge entflohen. Wir ließen uns nicht einmal Zeit, die Versicherung einzukassieren, und meine liebe Mutter sagte noch Jahre später auf ihrem Sterbebett in einem fernen Land, daß dies die einzige Unterlassungssünde sei, die auf ihrem Gewissen laste. Ihr Beichtiger, ein frommer Mann, versicherte ihr, daß der Himmel ihr in Anbetracht der Umstände diese Verfehlung vergeben werde.

Ungefähr zehn Jahre nach unserem Wegzug von den Schauplätzen meiner Kindheit kehrte ich, damals ein erfolgreicher Falschmünzer, in Verkleidung dorthin zurück, mit der Hoffnung, etwas von den uns zustehenden Schätzen, die im Keller vergraben waren, wiederzuerlangen. Ich darf wohl sagen, daß ich nicht erfolgreich war: die Entdeckung zahlreicher menschlicher Gebeine in dem zerstörten Haus hatte die Behörden dazu veranlaßt, nach weiteren zu graben. Sie hatten den Schatz gefunden und ihn aus Ehrlichkeit selber behalten. Das Haus war nicht wieder aufgebaut worden, und seine ganze Umgebung war in der Tat eine Wüstenei. Es war von dermaßen vielen übernatürlichen Erscheinungen und Geräuschen in dieser Gegend berichtet worden, daß niemand mehr in der Nähe dort wohnen wollte. Da es also niemanden gab, den man befragen oder belästigen konnte, beschloß ich, meinem geliebten Vater noch einmal meine kindliche Ehrfurcht zu bezeigen, indem ich mich über sein Angesicht neigen wollte, falls unsere Augen uns tatsächlich getrogen hätten und er noch in seinem Grabe sein sollte. Auch entsann ich mich, daß er stets einen Ring mit einem enormen Diamanten getragen hatte, und da ich diesen seit seinem Tode niemals wieder gesehen noch etwas darüber gehört hatte, so besaß ich Grund zu der Annahme, daß er mit dem Ring begraben worden sei. Ich beschaffte mir einen Spaten, hatte das Grab auch bald an der Stelle gefunden, die einst der Hinterhof gewesen war, und fing an zu schaufeln. Als ich etwa vier Fuß tief gekommen war, sank der ganze Boden aus dem Grab weg, und ich stürzte in eine breite Abflußgrube, indem ich durch ein großes Loch in ihrem zerbröckelten Gewölbe fiel. Hier gab es weit und breit keine Leiche und auch keinerlei Spur von einer solchen.

Da es unmöglich war, aus der Höhle hinauszugelangen, kroch ich durch die Abflußröhre, und nachdem ich unter einigen Schwierigkeiten eine Masse von verkohltem Knochenabfall und geschwärztem Mauerwerk, womit sie verstopft war, beiseite geräumt hatte, entkam ich in jenen einstigen schicksalhaften Keller.

Alles war mir jetzt klar. Mein Vater, was immer auch die Ursache dafür gewesen war, daß ihm beim Essen ›schlecht wurde‹ – und ich glaube, daß meine selige Mutter einiges Licht in diese Angelegenheit hätte bringen können –, war unbezweifelbar lebendig begraben worden. Da das Grab aus Versehen über der vergessenen Abflußgrube und beinahe bis an den höchsten Punkt ihres Gewölbes hinunter ausgeschaufelt worden war und man auch keinen Sarg benutzt hatte, so hatten seine Bemühungen, wiederaufzuerstehen, das morsche Mauerwerk zerstört, er war durchgebrochen und so schließlich in den Keller gelangt. Da er wohl fühlte, daß er in seinem eigenen Hause nicht willkommen war, jedoch kein anderes besaß, hatte er in unterirdischer Abgeschiedenheit gelebt, als Zeuge unserer Sparsamkeit und als Pensionär unserer Vorsorglichkeit. Er war es gewesen, der unsere Vorräte verzehrt, er war es gewesen, der unseren Wein getrunken hatte – er war also nichts Besseres als ein Dieb. In einem Moment der Betrunkenheit, in dem er ganz sicher jenes Verlangen nach Gesellschaft spürte, das ja die seelische Verbindung zwischen einem berauschten Menschen und seiner Rasse ist, hatte er sein Versteck zu einem merkwürdig unpassenden Zeitpunkt verlassen, wodurch er den Menschen, die ihm am nächsten standen und am teuersten waren, die beklagenswertesten Folgen aufbürdete – eine grobe Taktlosigkeit, die allerdings fast schon die Würde des Verbrecherischen hatte.

Hundeöl

Mein Name ist Boffer Bings. Ich wurde von ehrenhaften Eltern auf einem der bescheideneren Lebenspfade in die Welt gesetzt, insofern als mein Vater Hersteller von Hundeöl war und meine Mutter im Schatten der Dorfkirche ein kleines Studio unterhielt, wo sie unerwünschte Babys beseitigte. In meiner Knabenzeit wurde ich dazu erzogen, mich an fleißige Betätigung zu gewöhnen. Ich half nicht nur meinem Vater, Hunde für seine Bottiche zu beschaffen, sondern wurde auch häufig von meiner Mutter dazu angestellt, die Reste ihres Wirkens im Studio wegzuschaffen. Zur Erfüllung dieser Pflicht bedurfte es mitunter meiner ganzen angeborenen Intelligenz, weil sämtliche Gesetzeshüter der Umgebung etwas gegen die Tätigkeit meiner Mutter einzuwenden hatten. Sie waren nicht durch eine Wahlliste der Opposition gewählt, und so war die Sache nie zu einer politischen Affäre gemacht worden, sondern es war eben nur ein Zufall. Der Beruf meines Vaters, Hundeöl herzustellen, war natürlich weniger unbeliebt, wenn die Besitzer verlorengegangener Hunde ihm auch manchmal mit Mißtrauen begegneten, das sich bis zu einem gewissen Grade auch auf mich erstreckte. Mein Vater hatte alle Ärzte der Stadt zu stillen Geschäftsteilhabern, die nur selten ein Rezept verschrieben, welches nicht das enthielt, was sie mit Vergnügen als Ol. can. bezeichneten. Es ist wirklich die wertvollste Medizin, die je entdeckt worden ist, aber die meisten Leute sind nicht willens, den Kranken persönliche Opfer zu bringen, und daher war es offenbar vielen von den fettesten Hunden des Städtchens verboten, mit mir zu spielen, eine Tatsache, die meine jugendlichen Gefühle kränkte und mich eine Zeitlang beinahe dazu gebracht hätte, Seeräuber zu werden.

Wenn ich an jene Tage zurückdenke, kann ich mitunter nicht umhin zu bedauern, daß ich dadurch, daß ich meine geliebten Eltern indirekt umbrachte, zum Urheber von Mißgeschicken wurde, die meine Zukunft grundlegend beeinflußten.

Eines Abends, als ich mit der Leiche eines Findlings aus dem Studio meiner Mutter an der Ölfabrik meines Vaters vorbeikam, sah ich einen Polizisten, der meine Schritte anscheinend scharf beobachtete. Jung, wie ich war, hatte ich doch schon gelernt, daß die Aktionen eines Polizisten, welcher Art sie auch sein mögen, von höchst verwerflichen Motiven geleitet werden, und so ging ich ihm aus dem Wege, indem ich mich durch eine zufällig nur angelehnte Seitentür in die Ölraffinerie drückte. Ich verschloß die Tür sofort von innen und war allein mit meiner Leiche. Mein Vater hatte sich schon zur Nachtruhe begeben. Das einzige Licht im Raum kam vom Schmelzofen her, der unter einem der Kessel in tiefer, starker Glut leuchtete und rötliche Reflexe auf die Wände warf. Das Öl im Kessel siedete noch in trägen Wallungen und brachte gelegentlich ein Stück Hund an die Oberfläche. Ich setzte mich nieder, um zu warten, bis der Polizist wegging, hielt den nackten Leichnam des Findelkindes auf den Knien und streichelte zärtlich sein kurzes, seidiges Haar. Ach, wie schön es war! Sogar in jenem jugendlichen Alter war ich schon ein leidenschaftlicher Kinderfreund, und während ich diesen kleinen Engel betrachtete, hätte ich mein Herz beinahe auf dem Wunsch ertappt, daß die kleine rote Wunde auf seiner Brust, das Werk meiner lieben Mutter, nicht tödlich gewesen wäre.

Es war immer meine Gepflogenheit gewesen, die Babys in den Fluß zu werfen, den die Natur vorsorglich zu diesem Zweck geliefert hatte, aber in dieser Nacht wagte ich aus Furcht vor dem Polizisten nicht, die Raffinerie zu verlassen. ›Schließlich und endlich‹, sagte ich mir, ›kann es keine große Rolle spielen, wenn ich es in diesen Kessel stecke. Mein Vater wird die Knochen bestimmt nicht von denen eines Welpen unterscheiden können, und die paar Todesfälle, die möglicherweise daraus entstehen, daß man den Kranken eine andere Sorte Öl als das unvergleichliche Ol. can. eingibt, sind ja bei einer Bevölkerung, die so rapide zunimmt, nicht so wichtig.‹ Kurzum, ich tat den ersten verhängnisvollen Schritt und zog mir zahllose Unannehmlichkeiten zu, indem ich das Baby in den Kessel warf.

Am nächsten Tag teilte mein Vater mir und meiner Mutter, einigermaßen zu meiner Überraschung, sich vergnügt die Hände reibend, mit, daß er die feinste Qualität an Öl zustande gebracht habe, die je dagewesen sei, wie die Ärzte, denen er Proben davon gezeigt habe, gesagt hätten. Er fügte hinzu, er wisse nicht, wie es zu diesem Resultat gekommen sei, denn die Hunde waren in jeder Hinsicht wie üblich behandelt worden und waren von gewöhnlicher Rasse. Ich hielt es für meine Pflicht, den Sachverhalt aufzuklären, was ich denn auch tat, aber meine Zunge hätte versagt, hätte ich die Folgen voraussehen können.

Meine Eltern, die ihre bisherige Unkenntnis der Vorteile, welche eine Kombination ihrer beiden Erwerbszweige bot, beklagten, ergriffen sofort Maßnahmen, um diesen Fehler zu korrigieren. Meine Mutter übersiedelte mit ihrem Studio in einen Flügel des Fabrikgebäudes, und meine Pflichten in Verbindung mit dem Geschäft waren erledigt, ich wurde nicht länger mehr benötigt, um über die Leichen der kleinen Überflüssigen zu disponieren, und es bestand auch kein Bedarf mehr, Hunde in ihr Schicksal zu locken, denn mein Vater verzichtete ganz und gar auf sie, wenn sie auch weiterhin einen Ehrenplatz in dem Markennamen des Öls einnahmen. So jählings war ich zum Müßiggang verurteilt – da wäre freilich von mir zu erwarten gewesen, daß ich verderbt und liederlich wurde, aber das wurde ich nicht. Da war stets der fromme Einfluß meiner lieben Mutter, um mich vor den Versuchungen zu bewahren, von denen die Jugend umgarnt ist, auch war mein Vater Diakon einer Kirche. Ach, daß diese schätzenswerten Menschen durch meine Schuld ein so schlimmes Ende finden sollten!

Seitdem sie aus ihrem Beruf doppelten Gewinn schöpfte, widmete sich meine Mutter ihm mit erneutem Fleiß. Sie beseitigte nicht nur auf Bestellung überflüssige und unerwünschte Babys, sondern machte sich auch auf den Weg zu Überlandstraßen und Nebenlandstraßen und sammelte größere Kinder ein und sogar Erwachsene, wenn sie sich in die Raffinerie locken ließen. Auch mein Vater, der ganz verliebt war in die hohe Qualität des von ihm produzierten Öls, versorgte seine Kessel mit Sorgfalt und Eifer. Die Verwandlung ihrer Mitmenschen in Hundeöl wurde, kurz gesagt, die große Leidenschaft ihres Daseins, eine ausschließliche und überwältigende Begierde bemächtigte sich ihrer Seelen und nahm bei ihnen die Stelle einer Hoffnung auf die ewige Seligkeit im Jenseits ein, von der sie ebenfalls inspiriert waren.

Sie waren nun dermaßen unternehmungslustig geworden, daß eine öffentliche Versammlung abgehalten und der Beschluß gefaßt wurde, ihnen einen ernstlichen Verweis zu erteilen. Der Vorsitzende deutete an, daß man jeder weiteren

Reduzierung der Bevölkerung mit ablehnender Haltung begegnen werde. Meine armen Eltern verließen die Versammlung mit gebrochenen Herzen, verzweifelt und, ich glaube, nicht so recht bei Sinnen. Auf jeden Fall hielt ich es für klüger, diese Nacht nicht mit ihnen in die Raffinerie zu gehen, sondern schlief lieber außerhalb in einem Schuppen.

Um Mitternacht wachte ich durch irgendeine dunkle Ahnung auf, erhob mich und spähte durch ein Fenster in den Kesselraum, wo mein Vater, wie ich wußte, schlief. Die Feuer brannten so stark, als ob die Ernte des kommenden Tages ganz besonders reichlich sein würde. Einer der größten Kessel brodelte langsam, gleichsam mit einer geheimnisvollen Zurückhaltung, als wollte er nur den Augenblick abwarten, um mit Vollkraft loszulegen. Mein Vater war nicht in seinem Bett, er war im Nachtgewand aufgestanden und knüpfte einen starken Strick zur Schlinge. Die Blicke, die er dabei auf die Tür zum Schlafzimmer meiner Mutter warf, verrieten mir nur zu gut, was er im Sinne hatte. Sprachlos und vor Schreck erstarrt, konnte ich nichts zur Verhinderung oder Warnung tun. Plötzlich öffnete sich die Tür des Zimmers meiner Mutter geräuschlos, und die zwei standen einander gegenüber, beide anscheinend überrascht. Auch die Dame war im Nachtgewand, und in der rechten Hand hielt sie das Werkzeug ihres Berufs, einen langen, schmalen Dolch.

Auch sie war nicht fähig gewesen, sich den letzten Profit zu versagen, den das unfreundliche Benehmen der Bürgerschaft und das Dilemma, daß ich nicht zur Hand war, ihr noch übriggelassen hatten. Eine Sekunde lang blickten sie sich gegenseitig in die funkelnden Augen, und dann fuhren sie mit unbeschreiblicher Wut aufeinander los. Sie rauften sich rund um den ganzen Raum, er fluchend, sie kreischend, beide kämpfend wie Dämonen, sie, um ihn mit dem Dolch zu erwischen, er, um sie mit seinen riesigen bloßen Händen zu erwürgen. Ich weiß nicht, wie lange ich das Unglück hatte, diese peinliche Szene häuslichen Zwistes mit anzusehen, aber schließlich, nach einem ungewöhnlich temperamentvollen Ringen, ließen die Kombattanten plötzlich voneinander ab.

Die Brust meines Vaters und die Waffe meiner Mutter zeigten die augenscheinliche Gewißheit eines gegenseitigen Kontaktes. Für eine weitere Sekunde starrten sie sich in höchst unliebenswürdiger Weise an, dann schoß mein armer verwundeter Vater, der den Hauch des Todes über sich spürte, alle Verteidigung außer acht lassend, vorwärts, nahm meine liebe Mutter in die Arme, schleppte sie zu dem siedenden Kessel, nahm all seine versagende Kraft noch einmal zusammen und sprang mit ihr hinein. Sogleich waren beide verschwunden, und so mischten sie nun auch ihr Fett mit dem der Bürger des Komitees, die am Tage zuvor mit einer Einladung zur öffentlichen Versammlung vorgesprochen hatten.

Überzeugt davon, daß diese unglückseligen Vorkommnisse mir jeden Weg zu einer ehrenvollen Karriere in unserem Orte verschlossen, übersiedelte ich in die berühmte Stadt Otumwee, wo ich diesen Bericht niederschreibe, mit einem Herzen voller Reue über eine unbedachte Handlung, die ein so trauriges kommerzielles Desaster verursacht hat.

Das Geheimnis von Macargers Schlucht

Ungefähr neun Meilen in gerader Richtung nordwestlich von Indian Hill liegt Macargers Schlucht. Sie ist zwar nicht gerade eine richtige Schlucht, sondern eher eine Mulde zwischen bewaldeten, nicht sehr hohen Hügeln. Vom Ende der Schlucht bis zu ihrem Haupt – denn Schluchten haben ebenso wie Flüsse ihre eigene Anatomie – ist sie kaum länger als zwei Meilen, und auf ihrem Grund beträgt die Weite nur an einer einzigen Stelle mehr als ein Dutzend Yards. Zu beiden Seiten des kleinen Baches, der die Schlucht im Winter entwässert und schon im zeitigen Frühjahr trocken liegt, dehnt sich kaum noch ebener Grund; und die steilen Abhänge, die mit einem fast undurchdringlichen Dickicht von Manzanita und Chemisalbüschen bewachsen sind, werden durch nichts als die Weite des Wasserlaufes voneinander getrennt. Niemand außer einem gelegentlich vorbeikommenden, abenteuerlustigen Jäger aus der Nachbarschaft dringt je in Macargers Schlucht vor, und fünf Meilen weiter ist sie in der Gegend hier schon ganz unbekannt, selbst dem Namen nach. Innerhalb dieses Umkreises gibt es in jeder Richtung weit mehr auffallende topographische Orte ohne jeden Namen, doch würde man vergeblich versuchen, durch örtliche Umfragen den Ursprung des Namens von Macargers Schlucht zu ergründen.

Ziemlich genau in der Mitte zwischen Anfang und dem Ende von Macargers Schlucht wird der Abhang zur Rechten von einer anderen Schlucht gespalten. Diese zweite ist kürzer und trockener, und an der Stelle der Einmündung in die Hauptschlucht liegt ein ebenes Gebiet von zwei bis drei

Acker Ausdehnung. Dort stand noch vor einigen Jahren eine alte Bretterhütte, die nur aus einem einzigen kleinen Raum bestand. Wie die verschiedenen Bauteile dieses Hauses, so armselig und einfach sie auch sein mochten, dort auf diesen fast unzugänglichen Platz gebracht wurden, ist ein Problem, dessen Lösung wohl nur Genugtuung brächte, aber sinnlos bliebe. Wahrscheinlich bildete das Bachbett eine Art Straße. Es ist auch sicher, daß die Schlucht seinerzeit sehr gründlich von Goldsuchern durchforscht wurde, die Mittel und Wege gekannt haben mußten, um wenigstens mit Packtieren voller Proviant und Werkzeugen hierherzukommen. Die Funde dieser Männer waren aber offensichtlich nicht so groß, um eine beträchtliche Investition zu rechtfertigen und Macargers Schlucht mit irgendeinem Zentrum der Zivilisation zu verbinden, wo sich eine Sägemühle befunden hätte. Aber immerhin, die Hütte stand noch da, wenigstens zum größten Teil. Ihr fehlte zwar eine Tür und ein Fensterrahmen, und der Schornstein aus Schlamm und Feldsteinen war zu einem unansehnlichen Haufen zusammengefallen und mit rankendem Unkraut überwuchert. Die bescheidene Einrichtung, die sich dort einmal in der Hütte befunden haben mochte, und viele der unteren Verschalungsbretter hatten den Lagerfeuern der verschiedenen Jäger als Brennstoff gedient, und ebenso wohl auch die Einfassung eines alten Brunnens, der in der Zeit, von der ich schreibe, nur noch eine ziemlich breite, aber nicht sehr tiefe Grube darstellte.

Im Sommer 1874 drang ich eines Nachmittags von dem schmalen Tal her, in das sich die Schlucht öffnet, in Macargers Schlucht vor, wobei ich dem trockenen Bachbett folgte. Ich war auf Wachteljagd und hatte meine Jagdtasche bereits mit etwa einem Dutzend dieser Vögel gefüllt, als ich die oben beschriebene Hütte erreichte, von deren Existenz ich bis dahin nichts gewußt hatte. Nachdem ich mir die Ruine ziemlich oberflächlich angesehen hatte, nahm ich meine Jagd wieder auf, und da ich dabei weiterhin guten Erfolg hatte, ging ich ihr bis zum Sonnenuntergang nach. Dann allerdings wurde mir plötzlich klar, daß ich mich sehr weit von jeder menschlichen Ansiedlung entfernt hatte; jedenfalls viel zu weit, um noch vor Nachtanbruch die nächste zu erreichen. In meiner Jagdtasche befand sich allerdings Proviant genug, und das alte Haus würde mir Schutz bieten, falls man in einer warmen und taulosen Nacht in den Vorbergen der Sierra Nevada überhaupt eines Schutzes bedarf, da man sehr bequem auf den Tannennadeln schlafen kann, ohne sich zudecken zu müssen. Ich liebe die Einsamkeit und liebe die Nacht; und so war mein Entschluß, hier draußen zu bleiben, bald gefaßt. Ehe es noch ganz dunkel geworden war, hatte ich mir bereits in einer Ecke des Raumes ein Lager aus Zweigen und Gras hergerichtet. Dann briet ich mir eine Wachtel an einem Feuer, das ich auf dem alten Herd entzündet hatte. Der Rauch entwich aus dem zerfallenen Schornstein, und während ich dieses einfache Mahl aus gebratenem Geflügel verzehrte und dazu die Reste einer Flasche Rotwein austrank, die mir den ganzen Nachmittag über das hier nicht vorhandene Wasser ersetzt hatte, empfand ich ein Gefühl der Behaglichkeit, das einem ein besseres Mahl und komfortablere Unterkunft durchaus nicht immer vermitteln.

Trotzdem fehlte mir noch etwas. Ich empfand zwar ein Gefühl der Behaglichkeit, nicht aber der Sicherheit. Und ich ertappte mich dabei, wie ich viel öfter auf die offene Tür und das leere Fenster starrte, als es mir berechtigt scheinen konnte. Draußen, vor diesen Öffnungen, lag alles schwarz, und, da meine Phantasie sich die äußere Welt ausmalte und mit unfreundlichen Wesen, natürlichen und übernatürlichen, belebte, konnte ich ein gewisses Gefühl der Spannung nicht unterdrücken. Die bedrohlichsten dieser Wesen waren, jeweils in ihrer Kategorie, der Grizzlybär, von dem ich wußte, daß er sich gelegentlich in dieser Gegend sehen ließ, und ein Geist, von dem nicht anzunehmen war, daß er sich hier sehen ließ. Unglücklicherweise respektieren unsere Empfindungen aber durchaus nicht immer die Gesetze der Wahrscheinlichkeit, und für mich wurden an jenem Abend das Mögliche und das Unmögliche gleicherweise beunruhigend.

Jedermann, der eine derartige Lage schon erfahren hat, wird dabei beobachtet haben, daß man den tatsächlichen und den eingebildeten Gefahren der Nacht im Freien mit weit weniger Anspannung begegnet als in einem Haus mit offener Tür. Ich jedenfalls empfand dies jetzt, als ich auf meinem Lager in einer Ecke des Raumes neben dem Schornstein lag und das Feuer ausgehen ließ. Meine Furcht, daß irgend etwas Drohendes und Böses gegenwärtig sei, wurde so stark, daß ich es nicht fertigbrachte, meine Blicke von der Türöffnung abzuwenden, obwohl diese in der immer schwärzer werdenden Dunkelheit immer undeutlicher zu erkennen war. Als dann das letzte kleine Flämmchen noch einmal aufflackerte und schließlich erlosch, griff ich nach meinem Gewehr, das ich neben mich gelegt hatte, und richtete es auf den jetzt gar nicht mehr erkennbaren Eingang. Mein Daumen lag auf einem der beiden Hähne und war bereit, ihn zu spannen; ich unterdrückte meinen Atem, meine Muskeln waren steif und angespannt. Einige Zeit später erst legte ich die Waffe mit einem Gefühl von Scham und Ärger wieder nieder. Was fürchtete ich denn, und weshalb? Ich, dem die Nacht ein geboten hatte; ich, der ich mit jedem Zug der ererbten Überheblichkeit, von der keiner von uns ganz frei ist, auch der Einsamkeit, der Dunkelheit und der Stille noch verlockendes Interesse und Reiz abgewonnen hatte! Ich begriff meine Torheit nicht mehr, und indem ich mich in allerlei Mutmaßungen stürzte und darüber die eigentliche Angelegenheit vergaß, fiel ich in Schlaf. Und dann begann ich zu träumen:

Ich befand mich plötzlich in einer großen Stadt und in einem fremden Land – in einer Stadt, deren Bewohner zwar meinem Volk angehörten, obwohl sie geringfügige Unterschiede in Sprache und Kleidung aufwiesen; aber worin eigentlich diese Unterschiede bestanden, konnte ich nicht genau sagen. Mein Begriff davon blieb unklar. Die Stadt wurde beherrscht von einer großen Burg auf einem überragenden Berg, dessen Namen ich kannte, aber nicht aussprechen konnte. Ich ging dann durch viele Straßen, von denen manche breit und gerade waren und hohe, neue Gebäude zeigten, andere Gassen waren eng, düster und gewunden und zogen sich zwischen den Giebeln wunderlicher alter Häuser dahin, deren vorstehende Stockwerke mit Holzschnitzereien und Steinmetzarbeiten reich verziert waren und über meinem Kopf zusammenstießen.

Ich suchte nach jemand, den ich noch nie gesehen hatte, von dem ich jedoch wußte, daß ich ihn erkennen würde, wenn ich ihn nur fände. Mein Suchen war auch nicht ziellos und zufällig, sondern es folgte einer bestimmten Methode. Ohne Zögern wandte ich mich von einer Straße in die nächste und durchquerte dabei einen Irrgarten verschlungener Passagen ohne die geringste Furcht, mich zu verirren. Endlich blieb ich vor einer niedrigen Tür in einem einfachen Steinhaus stehen. Es mochte das Heim eines wohlhabenden Handwerkers bergen. Ohne anzuklopfen, trat ich ein. In dem spärlich möblierten Raum, der durch ein einziges Fenster mit kleinen, rhombusförmigen Scheiben Licht erhielt, saßen zwei Bewohner; und zwar ein Mann und eine Frau. Sie nahmen keinerlei Notiz von meinem Eindringen. Dieser seltsame Umstand erschien dem Traum entsprechend ganz natürlich. Die beiden unterhielten sich nicht; sie saßen jeder für sich, waren unbeschäftigt und wirkten mißmutig.

Die Frau war jung und recht kräftig; sie besaß schöne große Augen und eine gewisse ernste Schönheit. Meine Erinnerung an ihren Gesichtsausdruck ist zwar ungewöhnlich lebendig, aber Einzelheiten eines Gesichtes beobachtet man in Träumen nicht. Um die Schultern der Frau lag ein Wolltuch. Der Mann war älter und hatte ein dunkelhäutiges und böses Gesicht, das durch eine lange, von der linken Schläfe schräg abwärts bis zum schwarzen Schnurrbart verlaufende Narbe noch abstoßender wirkte. Allerdings schien es mir in meinem Traum, als ob diese Narbe für das Gesicht kein zusätzliches Mal darstellte – ich kann es nicht anders ausdrücken –, sondern daß sie wirklich zu ihm zu gehören schien. Im gleichen Augenblick, da ich den Mann und die Frau gefunden hatte, wußte ich, daß sie Eheleute waren.

An das, was dann folgte, erinnere ich mich nur noch undeutlich. Alle Bilder wurden dann wirr und unzusammenhängend; und zwar kam das, wie ich jetzt glaube, durch auftauchende Bewußtseinsschimmer. Mir war, als ob zwei Bilder, nämlich die Szene meines Traumes sowie meine wirkliche Umgebung, miteinander verschmolzen und einander überlagerten, bis das erstere langsam verblaßte und schließlich ganz verschwand. Und dann lag ich plötzlich hellwach in der verwüsteten Hütte, war durchaus klar und ruhig und meiner Lage bewußt.

Alle meine unsinnige Furcht war jetzt geschwunden. Als ich die Augen aufschlug, sah ich, daß mein Feuer nicht völlig niedergebrannt war, sondern sich durch einen in die Glut gefallenen Ast wieder belebt hatte und erneut den Raum erleuchtete. Wahrscheinlich hatte ich nur wenige Minuten geschlafen, aber dieser alltägliche Traum hatte mich doch so stark beeindruckt, daß ich mich nicht länger schläfrig fühlte. Nach einer kleinen Weile stand ich also auf, schürte die Glut meines Feuers, zündete mir eine Pfeife an und dachte weiterhin in lächerlich methodischer Weise über meinen Traum nach.

Damals würde es mich in Verlegenheit gebracht haben, wenn ich hätte sagen sollen, inwiefern dieser Traum das Nachdenken verdiente. Gleich im ersten Moment ernsthafter Überlegung, die ich der Angelegenheit widmete, erkannte ich in der Stadt meines Traumes Edinburgh, wo ich bis dahin noch nie gewesen war. Falls der Traum also eine Erinnerung spiegelte, so nur eine Erinnerung an Abbilder und Schilderungen. Daß ich jedoch die Stadt erkannte, beeindruckte mich stark. Es war, als ob irgend etwas in meinem Geist wider meinen Willen und gegen alle Vernunft die Wichtigkeit all dieser Dinge behauptete. Und diese Kraft, was immer sie auch sein mochte, bemächtigte sich sogar meiner Sprache. »Sicher«, sagte ich laut, aber ganz ohne Willen, »müssen die McGregors aus Edinburgh hierhergekommen sein.«

Weder der Inhalt dieser Bemerkung noch die Tatsache, daß ich sie überhaupt aussprach, überraschte mich damals.

Es schien mir ganz natürlich, daß ich den Namen meiner Traumbekannten und auch einiges von ihrer Geschichte wußte. Aber bald wurde mir die Absurdität all dessen bewußt: Ich lachte laut auf, klopfte die Asche aus meiner Pfeife und streckte mich dann wieder auf meinem Lager aus Gras und Zweigen aus. Da lag ich dann und starrte geistesabwesend in mein ersterbendes Feuer. Ich dachte auch nicht mehr an meinen Traum noch an meine Umgebung. Plötzlich duckte sich die letzte verbliebene Flamme für einen Augenblick, sprang dann aufwärts, löste sich von der Glut und erlosch in der Nacht. Die Dunkelheit war jetzt vollkommen.

In diesem Augenblick – fast noch ehe der letzte Lichtschein vor meinen Blicken erstorben war – ertönte ein dumpfes, totes Geräusch, als ob ein schwerer Körper auf den Fußboden stürze, wobei dieser unter mir erzitterte. Ich fuhr zu sitzender Haltung empor und griff neben mich, nach meinem Gewehr. Meine erste Vermutung war, daß irgendein wildes Tier durch das offene Fenster hereingesprungen sein mochte. Doch während das morsche Bauwerk noch immer von dem Aufprall bebte, vernahm ich das Geräusch von Schlägen, das Scharren von Füßen auf dem Fußboden, und dann – fast innerhalb der Reichweite meines Armes! – den schrillen Schrei einer Frau in Todesangst! Es war ein so schrecklicher Schrei, wie ich ihn niemals vorher gehört noch ihn mir vorzustellen vermocht hatte. Er zerrüttete meine Nervenkraft vollkommen. Einen Augenblick lang begriff ich nichts weiter als mein eigenes Entsetzen! Zum Glück fand meine Hand jetzt die Waffe, nach der sie getastet hatte, und die vertraute Berührung gab mir einen Rest meiner Fassung wieder. Ich sprang auf und versuchte mit meinen Blicken die Dunkelheit zu durchdringen. Die starken Geräusche hatten jetzt aufgehört, aber schrecklicher als diese war, was ich jetzt hörte, nämlich in anscheinend langen Zwischenräumen das schwache, aussetzende Stöhnen eines lebenden, aber sterbenden Wesens!

Als sich meine Augen endlich an das schwache Licht der Glut auf dem Herd gewöhnt hatten, erkannte ich zuerst die Umrisse von Tür und Fenster, die mir noch schwärzer erschienen als das Schwarz der Wände. Als nächstes vermochte ich dann die Linie des Zusammentreffens von Wand und Fußboden zu unterscheiden, und als letztes erkannte ich die Form und die volle Ausdehnung des Fußbodens von hinten nach vorn und von einer Seite zur anderen. Nichts sonst war auf dem Boden zu sehen, und auch das Schweigen wurde durch nichts mehr gebrochen.

Mit einer Hand, die zitterte, während die andere noch immer das Gewehr gepackt hielt, schürte ich wieder mein Feuer und untersuchte dann genau meine Umgebung. Ich fand nirgends ein Zeichen, daß jemand die Hütte betreten hatte. Nur meine eigenen Spuren waren im Staub auf dem Fußboden zu erkennen, doch keine fremden. Ich zündete mir wieder eine Pfeife an, besorgte mir neues Brennmaterial, indem ich einige dünne Verschalungsbretter im Innern des Hauses abriß – ich wagte nicht, in die Dunkelheit vor die Tür zu treten –, und verbrachte dann den Rest der Nacht mit Rauchen und Nachdenken. Ängstlich hütete ich dabei mein Feuer, denn nicht für zusätzliche Lebensjahre hätte ich die kleine Flamme wieder erlöschen lassen.

Einige Jahre später begegnete ich in Sacramento einem Mann namens Morgan, an den mir ein Freund aus San Franzisko ein Empfehlungsschreiben mitgegeben hatte. Als ich eines

Abends mit ihm in seinem Heim speiste, sah ich verschiedene Trophäen an den Wänden, die darauf hinwiesen, daß er ein Liebhaber der Jagd sei. Das bewahrheitete sich auch, und als er einige seiner Abenteuer erzählte, erwähnte er auch, daß er sich einmal in der Gegend meines oben berichteten Erlebnisses aufgehalten habe.

»Mister Morgan«, unterbrach ich ihn, »kennen Sie dort oben einen Platz namens Macargers Schlucht?«

»Und ob ich den kenne«, erwiderte er. »Ich war es doch, der im letzten Jahr einen Artikel über die Auffindung des Skeletts für die Zeitungen schrieb!«

Das war mir völlig neu; die Artikel waren, wie es schien, veröffentlicht worden, als ich gerade im Osten des Landes weilte.

»Übrigens«, fuhr Morgan fort, »der Name der Schlucht ist arg verstümmelt worden. Er müßte eigentlich ›McGregors Schlucht‹ heißen. – Meine Liebe«, setzte er hinzu und wandte sich dabei an seine Frau, »Mister Elderson hat anscheinend seinen Wein verschüttet.«

Das war nicht ganz exakt ausgedrückt. Ich hatte ihn einfach fallen lassen, mitsamt dem Glas.

»In der Schlucht hat einmal eine alte Hütte gestanden«, nahm Morgan seinen Bericht wieder auf, nachdem die Spuren meines Erschreckens beseitigt waren, »aber kurz vor meiner Anwesenheit dort oben war sie umgeweht oder vielleicht auch fortgeblasen worden, denn ihre Trümmer lagen überall verstreut umher. Und der Fußboden war aufgerissen worden, Diele um Diele. Zwischen zweien der Bretter, die noch auf ihrem Platz lagen, entdeckten ich und meine Begleiter die Reste eines Wolltuchs, und als wir weiter nachforschten, fanden wir, daß es um die Schultern eines weiblichen Leichnams geschlungen war. Von dem freilich waren nur noch die mit Kleidungsresten und brauner, vertrockneter Haut bedeckten Knochen übrig. Aber wir wollen das Misses Morgan lieber ersparen«, setzte er mit einem Lächeln hinzu. Die Dame hatte übrigens eher Zeichen des Abscheus als des Mitleids zu erkennen gegeben.

»Ich muß allerdings noch hinzusetzen«, fuhr er fort, »daß der Schädel an verschiedenen Stellen zertrümmert war, wie von Schlägen mit einem stumpfen Instrument; und dieses Mordinstrument selbst, nämlich ein noch immer blutbefleckter Hackenstiel, lag unter der zweiten Diele.«

Mr. Morgan wandte sich an seine Frau. »Entschuldige, meine Liebe«, sagte er mit geheuchelter Feierlichkeit, »daß ich diese unschönen Einzelheiten anführe. Sie sind zweifellos die natürlichen, wenn auch bedauerlichen Hinweise auf einen Ehestreit, der sicher dem Ungehorsam der unglücklichen Frau entsprang.«

»Ich entschuldige dich«, entgegnete die Dame voller Haltung, »du hast mich schon so oft mit den gleichen Worten darum gebeten.«

Mir schien Mr. Morgan recht froh darüber zu sein, daß er mit seiner Geschichte fortfahren durfte.

»Aus diesen und anderen Umständen«, meinte er, »schloß die Leichenschaukommission daher, daß die verstorbene Janet McGregor durch Schläge zu Tode kam, die ihr von einer der Kommission unbekannten Person zugefügt worden waren. Es wurde jedoch erklärt, daß durch die Indizien ihr Mann, Thomas McGregor, als Schuldiger in stärksten Verdacht gekommen sei. Aber Thomas McGregor ist nie gefaßt worden, noch hat man je wieder etwas von ihm gehört. Es hatte sich übrigens herausgestellt, daß jenes Paar aus Edinburgh stammte, aber nicht – meine Liebe, hast du nicht bemerkt, daß sich auf Mr. Eldersons Knochenteller Wasser befindet?«

Ich hatte einen Hühnerknochen in meine Fingerschale gelegt.

»In einem kleinen Schränkchen im Haus hatte ich noch eine Fotografie von McGregor gefunden, aber auch diese führte nicht zu seiner Ergreifung.«

»Würden Sie mir das Bild zeigen?« bat ich.

Auf dem alten Foto erblickte ich einen dunklen Mann mit bösem Gesicht, das durch eine lange, von der Schläfe abwärts bis zum schwarzen Schnurrbart reichende Narbe entstellt wurde.

»Übrigens, Mister Elderson«, fragte mein freundlicher Gastgeber, »darf ich wissen, weshalb Sie nach Macargers Schlucht fragten?«

»Mir ist dort einmal ein Maulesel entlaufen«, erwiderte ich, »und dieses Pech hat mich – hat mich – sehr geärgert.«

»Meine Liebe«, sagte Mr. Morgan zu seiner Frau mit der mechanischen Betonung eines übersetzenden Dolmetschers, »wegen des Verlustes seines Maulesels hat Mr. Elderson jetzt Pfeffer in seinen Kaffee gegeben.«

Eine Mittelzehe des rechten Fußes

I

Es ist allgemein bekannt, daß es in dem alten Manton-Haus spukt. In der ganzen Gegend gibt es wohl keinen vernünftigen, unvoreingenommenen Menschen, der an dieser Tatsache zweifelt. Nur unverbesserliche Skeptiker können sich einer so offensichtlichen Wahrheit verschließen.

Zweierlei Beweise gibt es für das Vorhandensein von Gespenstern in diesem Haus; nämlich die Aussagen glaubwürdiger und unparteiischer Augenzeugen, und dann das Haus selbst. Erstere mögen aus diesem oder jenem Grund abgelehnt werden; aber was jeder selbst beobachten kann, muß doch wohl Beweiskraft haben.

Seit mehr als zehn Jahren wird das Manton-Haus von keinem Sterblichen mehr bewohnt und verfällt mit all seinen Nebengebäuden von Jahr zu Jahr mehr. So bietet es schon von außen einen trostlosen und gespenstischen Anblick. Es steht an der einsamsten Stelle der Landstraße zwischen Marshall und Harriston, umgeben von den Resten einer morschen Umzäunung und wild wucherndem Gestrüpp. In den meisten Fenstern stecken nur noch Scherben der ursprünglichen Glasscheiben, als Zeichen des Unwillens der männlichen Jugend dieser Gegend über das unbewohnte Wohnhaus. Das Gebäude ist zweistöckig und fast quadratisch; die einzige Haustür befindet sich in der Vorderfront, zwischen brettervernagelten Fenstern. Durch die ungeschützten Fenster des Obergeschosses haben Licht und Regen freien Zugang. Gras und Unkraut wuchern aus Mauerspalten. Kurz, das Gebäude sieht genauso aus, wie man sich gemeinhin ein Gespensterhaus vorstellt. Zweifellos hat zu den Gerüchten über die übernatürlichen Vorgänge in diesem Haus nicht unwesentlich ein tragisches Ereignis beigetragen, das sich vor etwa zehn Jahren an diesem Ort begab, als nämlich der damalige Besitzer und letzte Bewohner, Mr. Manton, eines Nachts seiner Frau und seinen beiden kleinen Kindern die Kehle durchschnitt und noch in derselben Nacht aus der Gegend verschwand.

An diesem Haus fuhr an einem Sommerabend ein Wagen mit vier Männern vor. Drei von ihnen stiegen sofort aus, und einer davon band das Gespann an dem letzten Pfosten fest, der von dem alten Zaun übriggeblieben war. Der vierte Mann blieb im Wagen sitzen.

»Kommen Sie«, sagte derjenige, der die Pferde angebunden hatte, während die beiden anderen bereits auf die Haustür zugingen. »Wir sind am Ziel.«

Doch der Mann im Wagen rührte sich noch immer nicht. »Bei Gott!« knirschte er. »Das ist eine Falle! Und Sie sind mit im Komplott!«

Der andere zuckte die Schultern, und in seiner Stimme schwang so etwas wie Verachtung mit. »Erinnern Sie sich bitte, daß die Wahl des Ortes mit Ihrem Einverständnis der Gegenseite überlassen wurde. Wenn Sie sich allerdings vor Gespenstern fürchten ...«

»Ich fürchte mich vor nichts und niemand!« Damit sprang der Mann aus dem Wagen und folgte mit einem Fluch den anderen.

Mit einiger Mühe öffnete man die Haustür, deren Schloß und Angeln verrostet waren. Dann traten alle ein. Drinnen war es dunkel, doch einer der Männer hatte eine Kerze und

Streichhölzer mitgebracht und machte Licht. Dann öffnete er eine Tür zur Rechten, die in ein großes, leeres Zimmer führte. Dicker Staub bedeckte den Boden und dämpfte ihre Schritte. Von der Decke hingen Spinnweben wie zerfetzte Spitzenschleier herab und wehten leise im Luftzug. Der Raum hatte zwei nebeneinanderliegende Fenster, durch die man aber nichts weiter sehen konnte als die groben Bretter, mit denen sie von außen vernagelt waren. Es gab keine Feuerstelle und keine Möbel; außer dem Staub und den Spinnweben waren die vier Männer die einzigen Objekte, die nicht zum Gebäude gehörten.

Merkwürdig genug nahmen sie sich im flackernden Licht der Kerze aus, wie sie da in dem leeren Zimmer standen. Derjenige, der als letzter und nur widerwillig den Wagen verlassen hatte, stach durch seine auffallende Erscheinung besonders hervor. Er war groß und kräftig, ja athletisch gebaut, mit mächtigem Brustkasten und breiten Schultern, und er sah aus, als ob er über Riesenkräfte verfügte. Der harte Ausdruck seines Gesichts ließ auch keinen Zweifel daran, daß er von diesen Kräften durchaus Gebrauch zu machen pflegte. Er war glattrasiert und sein ergrauendes Haar kraus und kurz geschnitten. Seine niedrige Stirn hatten Falten durchfurcht; die tief eingesunkenen, zu kleinen Augen blickten unstet und waren von unbestimmbarer Farbe. Zusammengewachsene Brauen, ein grausam geschnittener Mund und breite Kinnbacken gaben ihm ein düsteres und brutales Aussehen. Die Nase mochte hingehen, denn von Nasen erwartet man nicht viel; doch seine bleiche Gesichtsfarbe verstärkte nur den abstoßenden Gesamteindruck. Der Mann war so bleich, daß er fast blutleer wirkte.

An den andern drei Männern war nichts Auffälliges zu

bemerken. Es waren Leute, die man trifft und gleich wieder vergißt. Zwischen dem oben beschriebenen und dem vierten, der sich etwas abseits hielt, gab es offenbar keine freundschaftlichen Gefühle. Sie vermieden es sogar, einander anzusehen.

»Gentlemen«, sagte der Mann mit der Kerze und den Schlüsseln, »ich glaube, wir können anfangen. Sind Sie bereit, Mr. Rosser?«

Der etwas abseits stehende Mann trat vor und verbeugte sich lächelnd. »Und Sie, Mr. Grossmith?«

Der große Mann verbeugte sich finster.

»Dann wollen Sie bitte Ihre Überkleidung ablegen.«

Ihre Hüte, Jacken, Westen und Halstücher hatten sie schnell abgelegt und durch die offene Tür in den Flur hinausgeworfen. Der Mann mit der Kerze nickte. Daraufhin brachte jener, welcher vorhin Mr. Grossmith zum Verlassen des Wagens aufgefordert hatte, zwei lange, mörderisch aussehende Jagdmesser zum Vorschein, die er aus ihren Lederscheiden zog.

»Sie sind genau gleich«, erklärte er und bot jedem der Kontrahenten eines davon an. Zu dieser Zeit hätte wohl auch der schwerfälligste Beobachter begriffen, worum es sich bei dieser nächtlichen Zusammenkunft handelte: Es sollte ein Duell auf Leben und Tod ausgefochten werden.

Jeder der beiden Kontrahenten ergriff ein Messer, untersuchte es sorgfältig und prüfte die Stärke von Klinge und Griff über dem angewinkelten Knie. Dann wurde jeder vom gegnerischen Sekundanten durchsucht.

»Wenn es Ihnen beliebt, Mr. Grossmith«, sagte der Mann mit der Kerze, »so stellen Sie sich jetzt bitte in jener Ecke dort auf.« Er wies nach der Ecke, die am weitesten von der Tür entfernt war.

Mr. Grossmith zog sich in die angewiesene Ecke zurück, nachdem sein Sekundant ihn mit einem Handschlag, aber ohne jede Herzlichkeit verabschiedet hatte. Sein Gegner bezog Stellung in der Ecke zunächst der Tür. Die beiden Sekundanten stellten sich neben der Tür auf.

In diesem Augenblick wurde die Kerze plötzlich ausgelöscht, so daß tiefe Dunkelheit herrschte. Ob dies ein Luftzug von der offenen Tür her oder eine absichtliche Bewegung verursacht hatte – die Wirkung war jedenfalls erschreckend.

»Gentlemen«, sagte eine Stimme, die unter den veränderten Umständen seltsam fremd und bedrohlich klang, »Gentlemen, rühren Sie sich nicht von der Stelle, bis Sie das Zufallen der Haustür hören.«

Dann waren eilige Schritte zu vernehmen, das Schließen der Zimmertür, Schritte im Flur, und schließlich fiel die Haustür krachend ins Schloß, daß das ganze Haus erzitterte.

Wenige Minuten später begegnete ein Bauernjunge einem leichten Wagen, der mit halsbrecherischer Geschwindigkeit in Richtung auf das Städtchen Marshall fuhr. Der Junge berichtete, er habe hinter den beiden dunklen Gestalten auf dem Kutschbock eine dritte, stehende Gestalt bemerkt, die sich über die beiden anderen beugte und sie offenbar mit eisernem Griff, aus dem sie sich vergeblich zu befreien suchten, am Genick festhielt. Diese dritte Gestalt erschien ganz in Weiß gekleidet und war zweifellos auf den Wagen gesprungen, als dieser an dem Geisterhaus vorbeifuhr. Da der Junge sich schon früherer Erfahrungen mit übernatürlichen Erscheinungen rühmen konnte, hatte sein Wort natürlich besonderes Gewicht. Die Geschichte erschien sogar im Lokalblatt, begleitet von einer Aufforderung an die oben erwähnten Herren, sich zu melden und ihre nächtlichen Erlebnisse im Lokalblatt zu schildern. Unnütz zu sagen, daß die Aufforderung unbeantwortet blieb.

2

Die Ereignisse, die zu diesem Duell im Dunkeln geführt hatten, sind schnell berichtet. Eines Abends saßen drei junge Männer in einer ruhigen Ecke des einzigen Hotels von Marshall, rauchten und unterhielten sich über dies und jenes. Die drei Männer hießen King, Rosser und Sancher. An einem anderen Tisch, aber in Hörweite, saß ein vierter, etwas älterer Mann, der ihnen fremd war. Sie wußten nur, daß er an diesem Nachmittag mit der Postkutsche angekommen war und sich unter dem Namen Grossmith in die Gästeliste des Hotels eingetragen hatte. Seit seiner Ankunft hatte er mit keinem Menschen gesprochen, außer mit dem Hotelangestellten, und mied in auffallender Weise jeden Umgang mit anderen Gästen. Seine eigene Gesellschaft schien ihm vollauf zu genügen, was in Anbetracht seiner wenig einnehmenden Persönlichkeit als ein Zeichen von zweifelhaftem Geschmack angesehen werden mußte.

»Ich hasse jede Art von Mißbildung bei einer Frau«, erklärte King gerade. »Gleichgültig, ob es sich um eine angeborene oder erworbene Mißbildung handelt. Ich bin nämlich der Meinung, daß jeder körperliche Makel auch einen seelischen oder geistigen Defekt mit sich bringt.«

»Das heißt also«, erwiderte Rosser ernst, »daß Sie niemals eine Frau heiraten würden, die des moralischen Vorzugs einer Nase ermangelt?«

»Wenn Sie so wollen – ja«, war die Antwort. »Aber im Ernst,

ich habe einmal eine reizende junge Dame sitzengelassen, weil ich zufällig erfuhr, daß ihr eine Zehe amputiert worden war. Sie können mein Verhalten grausam nennen. Aber ich weiß, ich wäre mit ihr niemals glücklich geworden und hätte auch sie unglücklich gemacht.«

»So aber«, warf Sancher ein, »hat sie einen Herrn mit großzügigeren Ansichten geheiratet und endete mit durchschnittener Kehle.«

»Ah, Sie wissen, auf wen ich anspielte! Ja, sie heiratete Manton. Ob er großzügiger dachte, weiß ich nicht. Aber ich halte es durchaus für möglich, daß er ihr nur deshalb die Kehle durchschnitt, weil er es nicht verwinden konnte, daß ihr die mittlere Zehe des rechten Fußes fehlte.«

»Seht euch mal den Kerl dort drüben an!« sagte Rosser leise und schickte einen Blick zu dem Fremden hinüber.

Der Kerl verfolgte offenbar mit großer Aufmerksamkeit ihr Gespräch.

»Das ist eine Unverschämtheit!« murmelte King. »Was sollen wir tun?«

»Da gibt es nur eines!« meinte Rosser und erhob sich. Dann wandte er sich an den Fremden. »Sir, ich muß Sie auffordern, Ihren Stuhl zu nehmen und sich ans andere Ende der Veranda zu setzen. Offenbar ist die Gegenwart von Gentlemen eine völlig ungewohnte Situation für Sie!«

Der Fremde sprang auf und trat mit geballten Fäusten und zornbleichem Gesicht auf seinen Beleidiger zu. Auch die beiden anderen waren aufgestanden. Sancher trat zwischen die Streitenden.

»Sie waren voreilig und ungerecht«, sagte er zu Rosser. »Dieser Herr hat nichts getan, was eine solche Sprache rechtfertigen würde!«

Aber Rosser war nicht bereit, auch nur ein Wort zurückzunehmen. Nach der Sitte des Landes und der Zeit blieb also nur eine einzige Lösung möglich.

»Ich verlange Genugtuung, wie sie einem Gentleman zusteht!« sagte der Fremde, der sich etwas beruhigt hatte. »Da ich keinen Menschen in dieser Gegend kenne, wären Sie vielleicht, Sir«, und er verneigte sich gegen Sancher, »so freundlich, mein Sekundant zu sein und mich in dieser Angelegenheit zu vertreten?«

Sancher übernahm die Verpflichtung, wenn auch widerwillig, denn er empfand ebensowenig Sympathie für den Fremden wie seine Gefährten.

King hatte während dieses ganzen Wortwechsels kein Auge von dem Fremden gelassen und kein einziges Wort gesprochen. Mit einem Nicken gab er sein Einverständnis, als Rosser ihn darum bat, sein Sekundant zu sein. Das Treffen wurde für den folgenden Abend festgesetzt; und die näheren Umstände kennen wir bereits.

Ein Duell mit Messern in einem dunklen Raum war damals im Südwesten gar nicht so ungewöhnlich. Wie dünn die Decke von »Ritterlichkeit« war, unter der sich die Brutalität eines Sittenkodex versteckte, der solche Begegnungen möglich machte, werden wir noch sehen.

3

In der strahlenden Mittagssonne hatte das alte Manton-Haus nichts von einem Spukhaus an sich. Es schien irdisch und ganz von dieser Welt zu sein. Der Sonnenschein liebkoste es zärtlich, ungeachtet seines schlechten Rufs. Gras und Unkraut wucherten in fröhlicher Lebensfülle, in den Bäumen zwitscherten die Vögel, und selbst die glaslosen Fenster des Obergeschosses sahen hell und freundlich aus. Über den steinigen Feldern flirrte die Hitze, und alles bot ein Bild lebendiger Heiterkeit, wie sie mit den düsteren Schatten des Übernatürlichen unvereinbar ist.

So bot sich Manton-Haus dem Sheriff Adams und seinen beiden Begleitern dar, die aus Marshall gekommen waren, um es in Augenschein zu nehmen. Einer der Männer war Mr. King, der Stellvertreter des Sheriffs; der andere ein Bruder der verstorbenen Mrs. Manton, ein Mann namens Brewer. Nach dem Gesetz untersteht ein Besitztum, dessen Eigentümer tot oder verschollen ist, bis zur Klärung der Erbfolge dem Sheriff. Sein heutiger Besuch stand im Zusammenhang mit einem gerichtlich geltend gemachten Erbanspruch des Mr. Brewer. Es war ein reiner Zufall, daß dieser Besuch am Tag nach jener Nacht stattfand, in der Mr. King das Haus zu einem ganz andern Zweck aufgeschlossen hatte. King war nicht aus freiem Antrieb hier; er hatte vielmehr die Anweisung, seinen Vorgesetzten zu begleiten, und hielt es für geraten, diesem Befehl nachzukommen.

Der Sheriff war etwas überrascht, als er die Tür nicht versperrt fand. Auf dem Fußboden im Flur stieß man auf einen Haufen Kleidungsstücke: Dort lagen zwei Hüte, zwei Jakken, ebenso viele Westen und Halstücher. Alles war in gutem Zustand und nur leicht von dem Staub des Fußbodens beschmutzt. Auch Mr. Brewer zeigte sich überrascht; nur Mr. Kings Gefühle sind nicht bekannt.

Mit neuem und noch verstärktem Interesse entriegelte und öffnete der Sheriff die Tür zur Rechten, und die drei Männer traten ein. Auf den ersten Blick schien das Zimmer leer; doch als ihre Augen sich an das Dämmerlicht gewöhnt hatten, sahen sie in der entferntesten Ecke eine menschliche Figur. Es war ein Mann, der in der Ecke kauerte. Etwas in seiner Haltung ließ die Eindringlinge schon an der Schwelle stocken. Der Mann hockte auf einem Knie, hatte den Kopf zwischen die Schultern gezogen, die Hände wie Klauen verkrampft schützend vors Gesicht gepreßt, den Mund wie zum Schreien geöffnet und einen Ausdruck namenlosen Entsetzens in den starren, unglaublich weit aufgerissenen Augen. Der Mann war tot. Außer einem Jagdmesser, das offensichtlich seiner Hand entfallen war, konnten sie nichts weiter in dem Zimmer entdecken.

Der dicke Staub, der auf dem Boden lag, war nahe der Tür und entlang der Türwand von einem Gewirr von Fußspuren aufgewirbelt. Der tote Mann hatte auch eine deutliche Spur hinterlassen, als er von der Tür bis in seine Ecke gegangen war.

Instinktiv hielten sich die drei Männer an diese Spur, als sie sich der Leiche näherten. Der Sheriff griff nach einem Arm des Toten, der bereits steif wie Holz war und unter dem Griff des Sheriffs ruckte.

Bleich vor Erregung starrte Brewer in das verzerrte Gesicht des Toten und rief: »Gott im Himmel – das ist ja Manton!«

»Sie haben recht«, murmelte King. »Ich kannte Manton. Damals trug er allerdings einen Vollbart und längeres Haar. Aber das ist er!«

Er hätte hinzufügen können: »Ich erkannte ihn schon im Hotel. Ich sagte es Rosser und Sancher, und daraufhin spielten wir ihm diesen furchtbaren Streich. Als Rosser uns auf den Fersen aus diesem dunklen Zimmer folgte, vergaß er in der

Aufregung seinen Rock und mußte in Hemdsärmeln mit uns fahren. Wir wußten die ganze Zeit, mit wem wir es zu tun hatten. Wir erkannten ihn, diesen Mörder und Feigling!«

Aber Mr. King hütete sich, dergleichen zu sagen. Er, der mehr wußte als die andern, versuchte für sich allein, das Geheimnis von Mantons Tod zu enträtseln. Daß er offenbar kein einziges Mal seine Ecke verlassen hatte; daß seine Haltung weder auf Angriff noch auf Verteidigung hindeutete; daß er sein Messer hatte fallen lassen; daß er offenbar vor Entsetzen über irgendeinen Anblick gestorben war – alle diese Umstände konnte auch Mr. King nicht begreifen.

Während er sich abmühte, die Situation zu erfassen, fiel sein Blick von ungefähr auf etwas, das ihn trotz des Tageslichts und der Gegenwart lebendiger Gefährten mit kaltem Grauen erfüllte. Im Staub der vielen Jahre, der den Fußboden bedeckte, zeichneten sich deutlich dreifache Fußspuren ab, die von der Tür her quer durchs Zimmer bis zu Mantons Ecke führten. Es waren die Spuren nackter Füße. Die beiden äußeren stammten offenbar von zwei kleinen Kindern, die in der Mitte von einer Frau. Von der Stelle, an der sie endeten, gab es keine Umkehr; alle Fußabdrücke wiesen in dieselbe Richtung.

Im selben Augenblick bemerkte auch Brewer die Spuren. Schreckensbleich beugte er sich hinunter und wies mit beiden Händen auf den letzten Abdruck des rechten Frauenfußes.

»Da! Seht doch!« schrie er fassungslos. »Die Mittelzehe fehlt – es war Gertrude!«

Gertrude aber war die ermordete Mrs. Manton, die Schwester von Mr. Brewer.

Der Tod von Halpin Frayser

Denn der Tod schafft größeren Wandel, als hier aufgezeigt werden konnte. Während für gewöhnlich die Seele eines Verstorbenen bei passender Gelegenheit zurückkehrt und manchmal von den Lebenden gesehen wird – und zwar in der Gestalt des Körpers, dem sie früher innewohnte –, geschieht es auch, daß der ursprüngliche Körper ohne Seele wandelt. Und von denen, die ihm dabei begegneten und hernach lebten und davon berichten konnten, wird bezeugt, daß ein solchermaßen auferstandener Leichnam weder natürliche Zuneigung noch eine Erinnerung daran besitzt, sondern nur noch Haß hegt. Auch ist bekannt, daß einige Seelen, die zu Lebzeiten freundlich waren, durch den Tod böse wurden. – *Hali*

I

In einer dunklen Nacht im Hochsommer hob ein Mann, der in einem Wald lag und in einen traumlosen Schlaf gesunken war, den Kopf. Er starrte ein paar Augenblicke in die Finsternis und sagte dann: »Catherine Larue.« Kein Wörtchen sprach er weiter, und er kannte auch den Grund nicht, weshalb er überhaupt so viel gesagt hatte.

Der Mann hieß Halpin Frayser. Früher hatte er in St. Helena gelebt, doch wo er jetzt wohnt, ist unbekannt, denn er ist tot. Wer es sich zur Gewohnheit gemacht hat, im Wald zu schlafen, mit nichts unter sich außer trockenem Laub und der feuchten Erde und nichts über sich als Äste, kann auf kein langes Leben hoffen. Und Frayser hatte bereits das Alter von zweiunddreißig Jahren erreicht. Es gibt Menschen, und zwar Millionen von ihnen und bei weitem die besten Menschen, die das für ein sehr hohes Alter halten; das sind die Kinder. Diejenigen, die die Seereise des Lebens von dem Hafen aus beobachten, von dem das Schiff abgelegt hat, glauben schon, es hätte das andere Ufer fast erreicht, auch wenn es erst ein Stückchen des Weges zurückgelegt hat. Es ist jedoch nicht sicher, daß Halpin Frayser starb, nur weil er sich der Unbill des Wetters ausgesetzt hatte.

Den ganzen Tag über hatte er sich in den Bergen westlich des Napa-Tales aufgehalten, und zwar auf der Jagd nach Tauben und anderem kleinen Getier, das in dieser Jahreszeit gejagt werden konnte. Am späten Nachmittag waren Wolken am Himmel aufgezogen, und er hatte die Richtung verloren; und obwohl er nur bergab zu gehen hatte – was stets der Weg in die Sicherheit ist, wenn man sich verlaufen hat –, behinderte ihn das Fehlen jeden Pfades so sehr, daß ihn die Nacht einholte, als er noch im Wald war. Da er das Dickicht der Bärentrauben und der anderen Büsche nicht zu durchdringen vermochte und weil er völlig verwirrt war und ihn obendrein die Müdigkeit übermannte, hatte er sich am Fuß eines großen Erdbeerbaumes ausgestreckt, wo er in einen traumlosen Schlaf fiel. Stunden später, genau in der Mitte der Nacht, hatte einer von Gottes geheimnisvollen Boten, der dem unberechenbaren Heerschwarm seiner Begleiter vorausgeschwebt war, das weckende Wort in das Ohr des Schläfers geflüstert. Dieser richtete sich sogleich auf und nannte – weshalb wußte er nicht – einen Namen, den er nicht kannte.

Halpin Frayser war weder ein großer Philosoph noch ein Wissenschaftler. Der Umstand, daß er mitten in einem Wald aus tiefem Schlaf erwachte und einen Namen sprach, den er nicht im Gedächtnis trug und auch nie mit dem Verstand aufgenommen hatte, erweckte in ihm nicht jene erleuchtende Neugier, das Phänomen zu untersuchen. Er hielt es einfach nur für seltsam, und mit einem oberflächlichen, mechanischen Zittern, als entspreche er damit der dieser Jahreszeit angemessenen Tatsache, daß die Nacht kühl war, legte er sich wieder hin und schlief ein. Aber sein Schlaf blieb nicht länger traumlos.

Ihm träumte vielmehr, er wandere auf einer staubigen Straße entlang, die in der anbrechenden Dunkelheit eines Sommerabends weiß leuchtete. Woher sie kam und wohin sie führte, ja, weshalb er überhaupt den Fuß auf sie setzte, wußte er nicht, obwohl ihm alles ganz einfach und selbstverständlich erschien, so wie es in Träumen üblich ist. In jenem Land beunruhigen Überraschungen nicht, und die Urteilskraft schläft. Bald kam er an eine Weggabelung, von der Straße bog ein wenig benutzter Weg ab, der tatsächlich den Anschein erweckte, als sei er längst vergessen, und deshalb mutmaßte Halpin Frayser, er führe zu etwas Bösem. Dennoch schlug er, von einem gebieterischen Zwang gelenkt, zielstrebig diese Richtung ein.

Als er zügig weitermarschierte, wurde ihm bewußt, daß dieser Weg von unsichtbaren Wesen bevölkert wurde, die er sich nicht deutlich vorstellen konnte. Aus den Bäumen zu beiden Seiten hörte er Wortfetzen eines unverständlichen Geflüsters in einer fremden Sprache, die er aber dennoch teilweise verstand. Sie schienen ihm abgehackte Aussprüche einer ungeheuren Verschwörung zu sein, die sich gegen seinen Leib und seine Seele richtete.

Die Nacht war schon längst angebrochen, aber dennoch wurde der endlose Wald, durch den er wanderte, noch immer von einem fahlen Schimmer erhellt, der von keiner bestimmten Quelle herrührte, denn die geheimnisvolle Beleuchtung warf keine Schatten. Eine flache Pfütze, die sich in der

Rinne einer alten Wagenspur angesammelt hatte, warf einen karmesinroten Reflex in sein Auge. Er beugte sich über sie und tauchte seine Hand hinein. Sie befleckte seine Finger; es war Blut! Und Blut, so sah er jetzt, umgab ihn auf allen Seiten. Das Unkraut, das am Wegrand wucherte, trug auf seinen großen, breiten Blättern Kleckse und Spritzer. Die Stämme der Bäume schimmerten karmesinrot befleckt, und von ihrem Blattwerk tropfte das Blut wie Tau herab.

All dies beobachtete er mit einem Entsetzen, das nicht unvereinbar mit der Erfüllung einer natürlichen Erwartung zu sein schien. Ihm kam das alles vor wie die Sühne eines Verbrechens, an das er sich nicht mehr recht erinnern konnte, obwohl er sich einer Schuld bewußt war. Zu den Gefahren und Geheimnissen seiner Umgebung bildete dieses Bewußtsein einen zusätzlichen Schrecken. Vergeblich versuchte er, sich an den Augenblick seiner Missetat zu erinnern, indem er in Gedanken sein Leben zurückverfolgte. Szenen und Begebenheiten tauchten wild durcheinandergewürfelt vor seinem geistigen Auge auf; ein Bild überdeckte das andere, oder alle vermischten sich in heilloser Verwirrung und Verschwommenheit; aber nirgends fand er eine Spur dessen, was er suchte. Dieser Fehlschlag verstärkte sein Grauen; er fühlte sich wie jemand, der in der Dunkelheit gemordet hat, ohne zu wissen, wen und warum. Seine Lage war entsetzlich. Das geheimnisvolle Licht leuchtete still und drohend; die schädlichen Pflanzen, die Bäume, die wir in stillschweigender Übereinkunft mit melancholischen oder unheilvollen Eigenschaften bedenken, verschworen sich in seiner Vorstellung ganz offensichtlich gegen den Frieden seiner Seele. Über seinem Kopf und aus allen Richtungen erklang deutlich vernehmbares und bestürzendes Gelächter, und er sah Wesen, die keinesfalls von dieser Erde stammten. – Endlich konnte er es nicht länger ertragen. In unmenschlicher Anstrengung versuchte er, den bösen Zauber zu brechen, der seine Fähigkeiten zum Schweigen und zur Untätigkeit verbannte; und er begann mit aller Kraft seiner Lungen zu schreien. Seine Stimme wurde, wie es schien, in eine unendliche Vielzahl ungewöhnlicher Laute zerhackt; sie verzerrte sich zu unverständlichem Geplapper und Gestotter, das sich in den Weiten des Waldes verlor und erstarb. Dann war wieder alles wie zuvor. Aber er hatte mit seinem Widerstand einen Anfang gemacht, und das ermutigte ihn. Laut sagte er vor sich hin:

»Ich will mich nicht ungehört unterwerfen! Vielleicht wandern auf dieser fluchbeladenen Straße auch Wesen, die nicht böse sind. Ihnen will ich einen Bericht und einen Appell hinterlassen. Ich werde meine Fehler und die Verfolgungen erzählen, die ich erdulden muß – ich, ein reuiger und harmloser Poet!« Halpin Frayser war wirklich ein Poet und auch ein Büßer – freilich nur im Traum.

Als er aus seinem Anzug ein in rotes Leder gebundenes Notizbuch zog, dessen Seiten zur Hälfte noch leer waren, stellte er fest, daß er keinen Bleistift besaß. So brach er einen Zweig von einem Busch, tauchte ihn in eine Blutlache und schrieb mit flinker Hand. Doch hatte er kaum das Papier mit der Spitze des Zweiges berührt, da erscholl in unermeßlicher Ferne ein tiefes, dröhnendes Gelächter. Es schwoll beständig an und schien immer näher zu kommen. Ganz in seiner Nähe schwoll dieses Lachen zu einem unirdischen Schrei an und verebbte dann wellenförmig, als habe sich das fluchbeladene Wesen, das diese Laute ausstieß, zum Rand der Welt zurückgezogen – dorthin, woher es gekommen war. Aber der Mann spürte, daß dies eine Täuschung war und daß es noch in seiner Nähe lauerte und sich nicht von der Stelle bewegt hatte.

Langsam ergriff ein seltsames Gefühl Besitz von seinem Körper wie von seinem Geist. Er konnte nicht sagen, welcher – oder ob überhaupt einer – seiner Sinne beeinflußt wurde. Ihm erschien es eher wie ein Bewußtsein, und zwar wie die eigenartige, geistige Gewißheit vom Vorhandensein eines überwältigenden Etwas. Irgendein übernatürliches Übel, das anders war als die unsichtbaren Wesen, die ihn umgaben, und ihnen an Macht überlegen, befand sich in seiner Nähe. Er wußte, daß Es dieses gräßliche Lachen ausgestoßen hatte. Und jetzt schien Es sich ihm zu nähern; aus welcher Richtung Es kam, konnte er nicht sagen; er wagte auch keine Vermutung. All sein früherer Schrecken war jetzt vergessen oder verschmolz einfach mit dem überwältigenden Grauen, das ihn jetzt gefangenhielt. Außerdem beschäftigte ihn nur noch ein Gedanke: den schriftlichen Appell an die guten Geister zu vollenden, die ihn auf ihrer Reise durch diesen vom Spuk heimgesuchten Wald eines Tages vielleicht retten könnten, sollte ihm der Segen seiner Vernichtung verwehrt bleiben. Er schrieb mit ungeheurer Geschwindigkeit; aus dem Zweig zwischen seinen Fingern rann Blut, ohne daß er erneut eingetaucht hätte; doch mitten in einem Satz verweigerten ihm die Hände den Dienst; seine Arme sanken schlaff herunter, und das Buch fiel auf die Erde. Zu kraftlos, um sich zu bewegen oder zu schreien, starrte er plötzlich in das klar erkennbare Gesicht seiner Mutter und in deren leere, tote Augen, da sie, in weiße Leichentücher gehüllt, stumm vor ihm stand!

2

In seiner Jugend hatte Halpin Frayser mit seinen Eltern in Nashville im Staate Tennessee gelebt. Die Fraysers waren wohlhabende Leute und nahmen in der Gesellschaft, die alle Verwüstungen des Bürgerkrieges überstanden hatte, eine angesehene Stellung ein. Ihren Kindern kamen die sozialen Privilegien und alle Bildungsmöglichkeiten dieser Zeit und dieses Landes zugute, und aus der günstigen Verbindung ihrer sozialen Stellung mit einer guten Erziehung hatten sie angenehme Manieren und einen geschulten Verstand erworben. Halpin freilich war als das jüngste und nicht allzu robuste Kind vielleicht ein wenig verzogen. Er bekam den doppelten Nachteil einer zu großen Aufmerksamkeit seitens der Mutter und einer Vernachlässigung seitens des Vaters zu spüren. Frayser père war noch dazu etwas, was zu werden kein im Süden lebender Mann von Bedeutung unterlassen kann, nämlich Politiker. Sein Land – oder vielmehr sein Wahlkreis und Distrikt – stellte so große Anforderungen an die ihm gehörige Zeit und seine Kraft, daß er seiner Familie nur ein vom Donnern der politischen Führer und ihrem Geschrei fast taubes Ohr leihen konnte.

Der junge Halpin blieb verträumt, träge und romantisch; er neigte mehr zur Literatur als zur Jurisprudenz, also dem Beruf, den man ihn erlernen ließ. Diejenigen seiner Verwandten, die sich zum modernen Glauben an die Vererbungslehre bekannten, verstanden sehr gut, daß in ihm einige Züge vom Charakter des erst kürzlich verstorbenen Myron Bayne, eines Urgroßvaters mütterlicherseits, wieder zum Vorschein kamen. Dieser Bayne war zu seinen Lebzeiten oft genug vom Mond bestrahlt worden, um ein Dichter von nicht geringer

Bedeutung für die Kolonien zu werden. Din Frayser, der späterhin nicht der stolze Besitzer einer kostbaren Kopie seiner vererbten »Poetischen Werke« war – gedruckt auf Kosten der Familie, und schon seit langem vom feindseligen Markt zurückgezogen –, blieb wahrlich ein seltener Frayser. Aber wenn auch niemand gezielt darauf hingewiesen hatte, so war es doch nur zu ersichtlich, daß eine durchaus unbegründete Abneigung bestand, den großen Verstorbenen in der Person seines geistigen Nachfolgers zu ehren. Ziemlich häufig nämlich wurde Halpin als ein intellektuelles schwarzes Schaf herabgewürdigt, das seiner Herde jeden Augenblick Schaden bereiten könnte, indem es nur im Versmaß blöken würde. Die Fraysers aus Tennessee waren praktische Leute, zwar nicht im landläufigen Sinne praktisch, indem sie schmutzige Beschimpfungen erduldet hätten, vielmehr äußerte sich ihr praktischer Sinn darin, daß sie alle jene Qualitäten zutiefst verachteten, die für einen Mann unpassend sind, der die gesunde Berufung zur Politik verspürt.

Um jedoch dem jungen Halpin Gerechtigkeit zukommen zu lassen, muß man erwähnen, daß er von der göttlichen Gabe der Dichtkunst nicht viel mitbekommen hatte, während in ihm die meisten geistigen und moralischen Eigenschaften getreulich wiedererstanden waren, die von der Geschichte und der Familienchronik dem berühmten Dichter zugeschrieben wurden. Man hatte Halpin aber noch niemals die Muse umwerben sehen, und er hätte auch beileibe keine einzige Strophe zustande gebracht, mit der er sich vor einem Kritiker hätte sehen lassen können. Dennoch konnte man natürlich nie wissen, ob nicht die schlummernde Gabe irgendwann erwachen und er in die Saiten der Leier greifen würde.

Auf jeden Fall war der junge Mann bis dahin ein ziemlich

unbeschriebenes Blatt gewesen. Zwischen ihm und seiner Mutter bestand eine innige Zuneigung, denn insgeheim war die Dame selbst eine treue Anhängerin des großen verstorbenen Myron Bayne. Allerdings hatte sie mit dem Takt, der allgemein und zu Recht an ihrem Geschlecht bewundert wird – den hartnäckigen Verleumdern zum Trotz, die erklären, Takt sei im Grunde nur Schläue –, stets sorgfältig darauf geachtet, ihre Schwäche vor den Augen anderer zu verbergen. Ausgenommen war nur er, der ihre Neigung teilte. Ihr beiderseitiges Schuldbewußtsein in dieser Hinsicht knüpfte ein zusätzliches Band zwischen ihnen. Hatte seine Mutter ihn in seiner Kindheit verzogen, so hatte er auch gewiß seinen Teil dazu beigetragen. Als er soweit Mann geworden war, wie es ein Südstaatler erreichen kann, den es nicht kümmert, wie eine Wahl ausgeht, wurde die Bindung an seine Mutter mit jedem Jahr fester und zärtlicher. Er hatte sie übrigens seit frühester Kindheit nur immer Katy genannt. In diesen beiden romantischen Naturen offenbarte sich auf bemerkenswerte Weise ein vernachlässigtes Phänomen, nämlich die Vorherrschaft des Geschlechtlichen in allen Beziehungen der Menschen, wodurch selbst das Verhältnis zwischen Blutsverwandten gestärkt, besänftigt und verschönt wird. Die beiden schienen fast unzertrennlich, und von Fremden, die sie beobachteten, wurden sie nicht selten für Verliebte gehalten.

Eines Tages trat Halpin Frayser in das Zimmer seiner Mutter, küßte sie auf die Stirn, spielte einen Augenblick mit einer Locke ihres dunklen Haars, die den Haarnadeln entschlüpft war, und sagte, wobei er sich offensichtlich anstrengte, ruhig zu bleiben:

»Würde es dir viel ausmachen, Katy, wenn ich für ein paar Wochen nach Kalifornien ginge?«

Es war kaum notwendig, daß Katys Lippen eine Frage beantworteten, auf die ihre verräterischen Wangen bereits die Antwort gaben. Ganz offensichtlich machte es ihr sehr viel aus; und wie zur Bekräftigung traten Tränen in ihre großen braunen Augen.

»Mein Sohn«, sagte sie und blickte mit unendlicher Zärtlichkeit zu seinem Gesicht auf, »ich hätte wissen müssen, daß so etwas kommt. Ich lag heute die zweite Hälfte der Nacht wach und weinte ständig, weil mir während der ersten Hälfte Großvater Bayne im Traum erschienen war. Er stand neben seinem Porträt, war jung und schön wie damals und zeigte auf dein Bild, das an derselben Wand hing. Als ich darauf schaute, erkannte ich aber deine Gesichtszüge nicht; denn du warst mit einem Tuch bedeckt, wie wir es über die Toten breiten. Dein Vater lachte mich aus, aber du und ich, mein Lieber, wir wissen, daß solche Zeichen einem nicht umsonst gesandt werden. Und unter dem Tuch erkannte ich an deinem Hals die Würgemale von Händen. Verzeih, aber wir beide haben voreinander keine Geheimnisse und verschweigen uns solche Dinge nicht! Vielleicht findest du eine andere Deutung, vielleicht bedeutete der Traum auch nur, daß du nicht nach Kalifornien reisen wirst. Oder nimmst du mich mit?«

Man muß zugeben, daß diese unbefangene Deutung des Traumes im Licht nachträglich eingetretener Ereignisse dem logischen Verstand ihres Sohnes nicht ganz einleuchtete. Zumindest für den Augenblick war er der Überzeugung, daß der Traum ein einfacheres und unmittelbareres, vielleicht auch weniger tragisches Unglück ankündigte als eine Reise zum Pazifischen Ozean. Halpin Frayser hätte eher gefürchtet, daß er am heimatlichen Herd erwürgt würde.

»In Kalifornien gibt es doch Heilquellen?« nahm Mrs. Frayser den Faden wieder auf, noch ehe er Gelegenheit hatte, ihr die richtige Deutung des Traumes zu erläutern. »Orte, wo man sein Rheuma oder seine Neuralgie kurieren kann? Sieh mal, meine Finger sind so steif; ich bin sicher, daß sie mir im Schlaf große Schmerzen bereitet haben.«

Sie streckte ihm die Hände entgegen, damit er sie untersuchen konnte. Welche Diagnose der junge Mann im Fall seiner Mutter fand, sie ihr aber mit einem Lächeln verschwieg, das kann der Chronist nicht sagen; aber er möchte behaupten, daß Finger, die so wenig steif aussahen und noch weniger Anzeichen selbst leisester Schmerzen verrieten, höchst selten von einem Arzt untersucht worden sind – selbst nicht an der Hand der schönsten Patientin, die sich eine neue Umgebung verschreiben lassen wollte.

Das Ergebnis der Unterhaltung dieser beiden seltsamen Menschen, die die gleichen merkwürdigen Vorstellungen von Pflichterfüllung besaßen, war, daß der eine nach Kalifornien reiste, wie es die Interessen seines Klienten erforderten, während sie mit einem Wunsch zurückblieb, von dem ihr Mann nicht die leiseste Ahnung hatte.

Während Halpin Graysers Aufenthalt in San Franzisko spazierte er in einer dunklen Nacht am Ufer des Meeres entlang, und in dieser Nacht wurde er – mit einer Plötzlichkeit, die ihn überraschte und gänzlich aus der Fassung brachte – zum Seemann. Er wurde, wie es heißt, ›schanghait‹; man schleppte ihn auf ein stattliches Schiff, und schließlich segelte er zu fernen Ländern. Aber sein Unglück fand damit kein Ende, denn das Schiff strandete an einer Insel der Südsee, und erst sechs Jahre später wurden die Überlebenden von einem verwegenen Handelsschoner nach San Franzisko zurückgebracht.

Obwohl Halpin Frayser nun völlig verarmt war, hatte er doch den gleichen stolzen Sinn behalten wie in jenen Jahren, die ihm nun schon eine Ewigkeit zurückzuliegen schienen. Von Fremden wollte er keine Hilfe annehmen. Er wohnte im Hause eines der mit ihm geretteten Schiffbrüchigen, in der Nähe der Stadt St. Helena, und erwartete täglich Nachricht und Geld von seiner Familie. In jener Zeit war es, daß er auf die Jagd gegangen, im Wald eingeschlafen war und geträumt hatte.

3

Die Erscheinung, die dem Träumer in dem Spukwald begegnete – dieses Wesen, seiner Mutter ähnlich und doch so anders als sie –, war grauenerregend! Es weckte weder Liebe noch Sehnsucht in seinem Herzen; es rief keine angenehmen Erinnerungen an eine glückliche Vergangenheit wach, flößte ihm auch keine einzige, wie auch immer geartete Empfindung ein; alle edleren Gefühle wurden von seiner Angst erstickt. Er versuchte, sich umzudrehen und vor dem Gespenst zu fliehen, aber seine Beine waren schwer wie Blei; er war unfähig, auch nur die Füße vom Boden zu lösen. Die Arme hingen ihm willenlos an den Seiten herunter; einzig die Augen blieben seinem Willen unterworfen. Aber er wagte nicht, die Blicke von den glanzlosen Augen des Gespenstes abzuwenden, denn er wußte, daß es nicht etwa eine Seele ohne Körper war, sondern zu den schrecklichsten aller Wesen gehörte, die diesen Wald heimsuchten: Es war ein Körper ohne Seele! In ihren leeren, starren Blicken lagen weder Liebe noch Mitleid, noch Intelligenz – nichts, was man um Gnade hätte anflehen können. Ein Appell an sie wird nichts nützen, dachte er in absurder Umkehrung einer für seinen Beruf typischen Redensart; dieser Gedanke machte seine Lage jedoch nur noch schrecklicher, ebenso wie die Glut einer Zigarre den Schrekken einer Gruft vergrößert.

Für einen Moment, der so lang schien, daß die Welt grau vor Alter und Sünde zu werden drohte, verschwand der von Gespenstern heimgesuchte Wald mit all seinen Bildern und Geräuschen aus Halpin Fraysers Bewußtsein, nachdem er sein Ziel in der gräßlichsten Steigerung aller Schrecken erreicht hatte. Die Erscheinung aber stand nur noch einen Schritt von ihm entfernt und starrte ihn mit der gefühllosen Bösartigkeit eines wilden Tieres an; und dann warf sie ihre Arme vor und stürzte sich mit schrecklicher Wildheit auf ihn! Dieser Angriff löste seine Starre, ohne ihm jedoch seine Willenskraft zurückzugeben. Sein Verstand war noch immer gebannt, aber sein kräftiger Körper und seine flinken Gliedmaßen, die ein blindes, gefühlloses Eigenleben führten, trotzten ihrem Angriff. Für einen kurzen Augenblick schien er diesen ungleichen Kampf zwischen einem toten Wesen und seinem atmenden Organismus wie ein Außenstehender zu verfolgen – solche Vorstellungen erlebt man im Traum. Dann erlangte er seine Persönlichkeit so jählings wieder, als sei er mit einem mächtigen Satz in seinen Körper gesprungen, und sein bisher automatisch kämpfendes Ich besaß wieder einen lenkenden Willen, der ebenso wachsam und wild war wie der seines gräßlichen Gegners.

Doch welcher Sterbliche kann seine Kraft mit dem Geschöpf seines Traumes messen? Die Phantasie, die den Feind vorgaukelt, ist bereits besiegt; das Ergebnis des Kampfes ist zugleich seine Ursache. Trotz seiner Gegenwehr, trotz seiner

Kraft und Anstrengung, die sich an einem Nichts zu verschwenden schienen, spürte er, wie sich kalte Finger um seinen Hals schlossen. Auf die Erde geschleudert, sah er das tote und verzerrte Gesicht eine Handbreit über seinem Kopf, und dann versank alles in Finsternis. Ein Geräusch wie von fernen Trommeln, ein Gemurmel unzähliger Stimmen, ein spitzer, weit entfernter Schrei, der allen andern Schweigen gebot – und Halpin Frayser träumte, er sei tot.

4

Der warmen, klaren Nacht folgte ein nebelfeuchter Morgen. Bereits am Spätnachmittag des vorangegangenen Tages hatte man den Hauch einer Dunstwolke beobachtet – eine bloße Verdichtung der Atmosphäre, den Geist einer Wolke –, die an der westlichen Seite des Mount St. Helena hing, hoch oben an den dürren Hängen dicht unterhalb des Gipfels. Sie war so dünn, so durchsichtig, und ähnelte so sehr einer sichtbar gewordenen Ahnung, daß man gesagt hätte: »Schauen Sie schnell dorthin! Einen Augenblick noch, dann wird sie verschwunden sein.«

Doch kurz darauf war sie schon sichtlich größer und dichter geworden. Während sie sich mit einem Ende an den Berg klammerte, reichte das andere Ende weiter und weiter in die Luftschichten über den tieferliegenden Hängen hinein. Zugleich dehnte sie sich nach Norden und Süden aus und verschmolz – offenbar in voller Absicht – mit kleineren Nebelfeldern, die auf gleicher Höhe aus dem Gestein zu dringen schienen. Und so wuchs und wuchs das Nebelfeld, bis endlich der Gipfel unsichtbar war und selbst das Tal von einer undurchdringlichen grauen Dunstglocke überdacht wurde. Über Calistoga, am Ende des Tales und unterhalb des Berges gelegen, senkte sich daher eine sternenlose Nacht, und ihr folgte ein Morgen ohne Sonne. Der Nebel rückte ins Tal vor und hatte sich nach Süden ausgebreitet. Er verschluckte eine Ranch nach der anderen, bis er selbst die neun Meilen entfernte Stadt St. Helena ausgelöscht zu haben schien. Der Staub der Straße hatte sich gelegt; die Bäume trieften vor Nässe, und die Vögel hatten sich in ihren Schlupfwinkeln verborgen. Selbst das Licht der Morgensonne war fahl und gespenstisch; es besaß weder Farbe noch Leuchtkraft.

Beim ersten Lichtschein des anbrechenden Tages verließen zwei Männer St. Helena. Sie folgten der Straße talaufwärts in Richtung Calistoga und trugen jeder ein Gewehr über die Schulter gehängt. Jeder hätte geglaubt, sie seien auf der Jagd nach Vögeln oder Wild. Doch der eine war der Hilfssheriff aus Napa, und der zweite war ein Detektiv aus San Franzisko; sie hießen Holker und Jaralson, und ihr Beruf war es, Menschen zu jagen.

»Wie weit ist es noch?« fragte Holker. Bei jedem Schritt wirbelten ihre Füße den weißen Staub auf, der unter der feuchten Oberfläche der Straße lag.

»Bis zur Weißen Kirche? Nur noch eine halbe Meile«, antwortete der andere. »Übrigens«, fügte er hinzu, »das Gebäude ist weder weiß, noch ist es eine Kirche; es ist ein verlassenes Schulhaus, grau vor Alter und außerdem sehr heruntergekommen. Als es noch weiß war, hielt man darin bisweilen Gottesdienst ab, und damals lag daneben auch ein Friedhof, der jeden Dichter entzückt hätte. Kannst du dir denken, weshalb ich dich gerufen habe und dir sagte, du solltest bewaffnet kommen?«

»Mit Fragen habe ich dich noch nie belästigt. Bisher warst du immer sehr mitteilsam, sobald du die Zeit für gekommen hieltest. Aber wenn ich eine Vermutung äußern darf: Du möchtest, daß ich dir behilflich bin, einen Leichnam des Friedhofs zu verhaften.«

»Erinnerst du dich an Branscom?« fragte Jaralson, wobei er den Scherz seines Kameraden mit der Mißachtung bedachte, die er verdiente.

»Der Bursche, der seiner Frau die Kehle durchschnitt? Daran muß ich mich ja wohl erinnern; ich mußte die Arbeit einer ganzen Woche an ihn verschwenden, und der ganze Ärger hat mich noch einiges gekostet. Auf seine Ergreifung waren fünfhundert Dollar ausgesetzt, aber kein Mensch bekam ihn je wieder zu Gesicht. Du willst doch nicht etwa sagen ...«

»Doch, das will ich. Er hat sich die ganze Zeit über direkt unter euren Nasen aufgehalten. Nachts treibt er sich auf dem alten Friedhof neben der Weißen Kirche herum.«

»Der Teufel! Dort liegt seine Frau begraben.«

»Aber ihr Burschen hättet doch Verstand genug haben müssen, um zu ahnen, daß er irgendwann einmal zu ihrem Grab zurückkehren würde.« – »Von dem Ort konnte niemand annehmen, daß er dort auftauchen würde.«

»Aber alle anderen Schlupfwinkel hattet ihr durchsucht! Ich jedenfalls habe aus euren Fehlern gelernt, und deshalb lauerte ich ihm dort auf.«

»Und du hast ihn entdeckt?«

»Verflucht noch mal, er entdeckte *mich*. Der Schuft kam mir mit der Waffe zuvor – ließ mich die Hände in die Luft recken und machte mir Beine. Ich muß Gott danken, daß er mich nicht durchsuchte. Oh, der Bursche ist tüchtig. Ich glaube, die Hälfte der Belohnung genügt mir völlig, solltest du in Geldnot sein.«

Holker lachte gutgelaunt und erklärte, seine Gläubiger seien noch nie zudringlicher gewesen.

»Ich wollte dich lediglich in die Umstände einweihen, um mit dir einen Plan entwickeln zu können«, erklärte der Detektiv. »Jedenfalls hielt ich es für besser, bewaffnet zu sein, auch wenn es noch hell ist.« – »Der Mann muß verrückt sein«, sagte der Hilfssheriff. »Auf seine Ergreifung und Verurteilung ist eine Belohnung ausgesetzt. Sollte er aber verrückt sein, wird er nicht verurteilt.«

Mr. Holker war von diesem möglichen Fehlschlag der Justiz so bestürzt, daß er unwillkürlich mitten auf der Straße stehenblieb und gleich darauf nur noch mit vermindertem Eifer weiterging.

»Er machte fast diesen Eindruck«, gab Jaralson zu. »Ich muß gestehen, ich habe nie einen schlechter rasierten, ungeschoreneren, ungekämmteren – kurz gesagt, nie einen elenderen Menschen getroffen, ausgenommen jene, die zur alten und ehrwürdigen Zunft der Landstreicher gehörten. Aber ich habe mich nun einmal an seine Fersen geheftet und kann mich nicht dazu durchringen, von ihm abzulassen. Auf jeden Fall erwartet uns Ruhm in der Sache. Außer uns weiß keine einzige Seele, daß er sich diesseits des Mondgebirges aufhält.«

»Na schön«, erwiderte Holker, »wir werden uns dort einmal umsehen.« Und dann setzte er die Worte hinzu, die einst eine beliebte Inschrift für Grabsteine waren: »›Wo auch du in Kürze ruhen wirst‹ ... wenn nämlich der alte Branscom dich und deine unerträgliche Zudringlichkeit satt kriegen sollte. Übrigens hörte ich neulich, Branscom sei gar nicht sein wahrer Name.«

»Und wie lautet der?«

»Ich kann mich nicht daran erinnern. Ich hatte bereits alles Interesse an dem armen Kerl verloren, und der Name setzte sich nicht in meinem Gedächtnis fest. Er klang so ähnlich wie Pardee. Die Frau, der er so geschmacklos die Kehle durchgeschnitten hat, war Witwe, als er sie kennenlernte. Sie war nach Kalifornien gekommen, um ihre Verwandten zu besuchen. Es gibt wirklich Leute, die so etwas noch manchmal tun. Aber das weißt du ja.« – »Natürlich.«

»Wenn du den richtigen Namen nicht kanntest – durch welche glückliche Eingebung hast du dann das richtige Grab entdeckt? Der Mann, der *mir* ihren Namen verriet, meinte nämlich, in das Kreuz habe man ihren wahren Namen geschnitzt.«

»Ich kenne ihr Grab gar nicht.« Jaralson gab offensichtlich nur sehr widerwillig zu, daß ihm ein so wichtiger Punkt seines Planes noch unbekannt war. »Ich habe einfach ganz allgemein den Friedhof im Auge behalten. Ein Teil unserer Aufgabe heute morgen wird sein, ihr Grab zu identifizieren. Dort ist die Weiße Kirche.«

Bisher hatten sich zu beiden Seiten des Weges Felder hingezogen, aber jetzt erhob sich zu ihrer Linken ein Wald aus Eichen, Erdbeerbäumen und riesigen Fichten, deren gewaltige Stämme im Nebel verschwammen und sich gespenstisch auflösten. An manchen Stellen wuchs das Unterholz sehr dicht, aber nirgends war es undurchdringlich. Im ersten Augenblick konnte Holker das Gebäude nicht erkennen, aber als sie in den Wald drangen, tauchten plötzlich seine undeutlichen Umrisse aus dem Dunst auf. Es schien riesengroß und sehr weit entfernt zu sein; doch standen sie schon nach wenigen Schritten dicht vor ihm, und Holker erkannte, daß es dunkel vor Feuchtigkeit und von unbedeutender Größe war. Es sah aus wie alle Landschulen. Seine Architektur erinnerte an eine Kiste; es ruhte auf einem Steinfundament, das Dach war von Moos überwuchert, und wo sich Fenster befinden sollten, gähnten leere Höhlen, denn die Scheiben und Jalousien waren längst verschwunden. Das Haus war verfallen, aber noch keine Ruine – jedenfalls ein typisch kalifornischer Ersatz für das, was im Ausland den Lesern von Reisebüchern als »Monument der Vergangenheit« vorgestellt wird. Ohne dem uninteressanten Bau noch einen einzigen Blick zu schenken, zwängte sich Jaralson durch das dahinter wuchernde, tropfnasse Dickicht. »Ich werde dir zeigen, wo er mich überraschte«, sagte er. »Dies ist der Friedhof.«

Hier und dort befanden sich zwischen den Büschen kleine Einzäunungen, die mehrere Gräber oder manchmal auch nur ein einzelnes Grab umschlossen. Man erkannte sie als Gräber an den verwitterten Grabsteinen oder an den morschen Bretterkreuzen, die schief und winklig am Kopf- oder Fußende aufragten; einige waren auch umgestürzt. Oder man erkannte die Grabstellen daran, daß sie von längst verfallenen Holzzäunen eingefaßt waren; manchmal, wenn auch seltener, verrieten sich die Grabhügel durch den Kies, der durch die verwelkten Blätter schimmerte. Oftmals aber deutete auch gar nichts mehr auf den Platz hin, an dem die Reste eines armen Sterblichen ruhten. Sie, die einst einen »großen Kreis trauernder Freunde« hinterlassen hatten, waren nun von allen ihren Freunden vergessen worden, und nichts als eine kleine Vertiefung in der Erde, die vielleicht dauerhafter sein dürfte als der Kummer in den Herzen ihrer trauernden Freunde, kündete noch von ihnen. Die Wege, falls es je welche gegeben hatte, waren längst verschwunden. Bäume von beträchtlicher Größe wuchsen unterdessen aus den Gräbern, ihre Wurzeln oder Äste hatten die Umzäunungen umgeworfen. Über der ganzen Szenerie lag ein Hauch von Verlassenheit und Verfall, wie er zu keinem Ort besser paßte als zu diesem Dorf der vergessenen Toten.

Als sich die beiden Männer durch das Gestrüpp der jungen Bäume einen Weg bahnten, blieb der wagemutige Jaralson, der vorangegangen war, plötzlich stehen, hob das Gewehr bis in Brusthöhe und stieß einen leisen Warnruf aus. Er stand regungslos und hielt den Blick auf irgend etwas vor ihm gerichtet. Sein Gefährte, der nichts sehen konnte, denn sein Blickfeld wurde von Büschen verdeckt, folgte dem Beispiel Jaralsons, so gut er konnte. Auch er verharrte regungslos und war auf alles gefaßt. Einen Augenblick später schlich Jaralson vorsichtig weiter, und sein Gefährte folgte ihm.

Unter den Zweigen einer riesigen Fichte lag der Leichnam eines Mannes. Als sie wortlos herantraten, richtete sich ihre Aufmerksamkeit sofort auf alle jene Einzelheiten, die als erste unser Interesse wecken; also auf das Gesicht, auf die Haltung und die Kleidung, aus denen man eine erste Antwort auf die unausgesprochene Frage unserer teilnahmsvollen Neugier erhoffte.

Der Mann lag auf dem Rücken, die Beine weit gespreizt. Einen Arm hielt er nach oben über den Kopf gereckt, den anderen zur Seite gestreckt; aber dieser war so unnatürlich geknickt, daß die Hand dicht neben dem Hals lag. Beide Hände waren zur Faust geballt. Die ganze Haltung drückte eine verzweifelte, jedoch offensichtlich unwirksame Abwehr aus – wogegen aber?

In der Nähe lag eine Flinte und eine Jagdtasche, durch deren Maschen man das Gefieder geschossener Vögel erkannte.

Überall rundum waren Spuren eines erbitterten Kampfes zu entdecken: Kleine Zweige der Gifteiche lagen abgebrochen und ihrer Blätter und Rinde beraubt umher; neben den Beinen der Leiche hatten fremde Füße die welken und verfaulten Blätter zu kleinen Haufen und Wällen aufgetürmt; und neben ihren Hüften erkannte man unverkennbar die Eindrücke menschlicher Knie.

Die Art des Kampfes aber ließ ein einziger Blick auf die Kehle und das Gesicht des Toten erraten. Diese waren nämlich dunkelrot, ja fast schwarz angelaufen, während Brust und Hände bleich schimmerten. Mit den Schultern ruhte er auf einem niedrigen Erdwall, sein Kopf war in einem unnatürlichen Winkel verrenkt, und die weitaufgerissenen Augen starrten leer in die den Füßen entgegengesetzte Richtung. Aus dem geöffneten, schaumgefüllten Mund hing eine schwarze, geschwollene Zunge. Seine Kehle wies schreckliche Würgemale auf, und zwar nicht nur Fingerabdrücke, sondern Quetschungen und Fleischwunden, wie sie von zwei starken Händen herrühren mußten, die sich in das nachgebende Fleisch gebohrt und ihren furchtbaren Würgegriff noch lange nach Eintritt des Todes beibehalten hatten. Brust, Kehle und Gesicht waren feucht; seine Kleidung troff vor Nässe, und Wassertropfen, die sich aus dem fallenden Nebel gebildet hatten, hingen an seinen Haaren und seinem Schnurrbart.

All dies erkannten die beiden Männer fast auf den ersten Blick. Dann sagte Holker:

»Armer Teufel! Er hatte einen schweren Kampf.«

Jaralson jedoch machte sich an eine peinlich genaue Untersuchung des umliegenden Waldes, wobei er die gespannte Schrotflinte fest in beiden Händen hielt, den Finger am Abzug. »Das Werk eines Verrückten«, erklärte er und ließ die

Bäume dabei nicht aus den Augen. »Der Täter heißt Branscom-Pardee.«

Etwas, das von den rundum aufgewirbelten Blättern zum Teil verdeckt wurde, erregte jetzt Holkers Aufmerksamkeit. Es war ein in rotes Leder gebundenes Notizbuch. Er hob es auf und blätterte es durch. Es enthielt leere Seiten für Notizen, und auf dem ersten Blatt stand der Name Halpin Frayser. Die nächsten Seiten trugen in roter Schrift – eilig hingekritzelt und kaum lesbar – einige Verse. Holker las sie laut vor, während sein Gefährte weiterhin die trüben, grauen Grenzen ihrer kleinen Welt im Auge behielt und aus jedem Wassertropfen, der von den mit Feuchtigkeit überladenen Zweigen fiel, weitere Gründe für ihre Besorgnis herauszuhören meinte. Die Verse lauteten:

Geschlagen in geheimnisvollen Bann, stand ich
im Dunkel eines Zauberwaldes,
Wo Myrthen und Zypressen ihre Zweige
verwoben in bedeutungsvoller, unheilschwerer
Bruderschaft.

Die stille Weide flüstert' mit der Eibe dort,
Tödlicher Nachtschatten wuchert und die Raute
und bildeten mit Immortellen selbstgewebte,
gräßliche Grabtücher. Furchtbare Nesseln wuchsen da.

Kein Vogel sang, die Bienen schwiegen,
kein Lufthauch ließ die Blätter zittern,
Der Wind schlief totengleich; allein
das Schweigen atmete unter den Bäumen dort.

Verschwörerische Geister flüsterten im Dämmerlicht
von den Geheimnissen der Gräber;
von Bäumen tropfte Blut, ja ihre Blätter gar
schimmerten blutrot im Hexenlicht.

Da schrie ich laut! – Doch ungebrochen lastete
der Bann auf Herzen mir und Hirn,
und mutlos, seelenlos, hoffnungslos, verloren,
stritt ich wider des kommenden Unheils Ahnung.
Endlich das blicklose …

Holker hörte auf zu lesen; denn es gab nichts mehr zu lesen. Das Manuskript brach mitten im Satz ab.

»Das klingt nach Bayne«, sagte Jaralson, der auf seine Art so etwas wie gebildet war. Seine Wachsamkeit hatte nachgelassen, er blickte auf den Toten hinunter.

»Wer ist Bayne?« fragte Holker ziemlich gleichgültig.

»Myron Bayne, ein Bursche, der in den Gründerjahren der Nation lebte – vor über einem Jahrhundert. Er schrieb furchtbar trübseliges Zeug; ich besitze seine Gesammelten Werke. Dieses Gedicht ist nicht darunter; sicher wurde es versehentlich ausgelassen.« – »Es ist furchtbar kalt«, sagte Holker. »Verlassen wir diesen Ort; wir müssen den Leichenbestatter aus Napa herschicken.«

Jaralson sagte nichts dazu, sondern machte nur eine zustimmende Geste. Als er an der kleinen Erhebung vorbeiging, auf der Kopf und Schultern des Toten ruhten, stieß sein Fuß unter dem vermoderten Laub gegen etwas Hartes, und er machte sich die Mühe, es mit einem Tritt hervorzuholen. Es war ein umgestürztes Grabkreuz, das den kaum noch zu entziffernden Namen Catherine Larue trug.

»Larue! Larue!« rief Holker mit plötzlicher Lebhaftigkeit aus, »das ist doch Branscoms wirklicher Name – nicht Pardee. Du meine Güte, wie mir jetzt alles wieder einfällt! – Der Name der von ihm ermordeten Witwe war Frayser!«

»Hier ist etwas verflucht geheimnisvoll«, sagte der Detektiv Jaralson. »Ich hasse so etwas.«

Aus dem Nebel drang ein Lachen. – Es klang scheinbar aus weiter Ferne herüber, ein tiefes, krampfhaftes, gefühlloses Lachen, das nicht mehr Freude ausdrückte als das Heulen einer Hyäne, die nachts durch die Steppe streift. Es schwoll allmählich an, wurde lauter und lauter, klarer, deutlicher und gräßlicher, bis es fast innerhalb des kleinen Kreises ihres Gesichtsfeldes zu erklingen schien. Dieses Lachen war so unnatürlich, so unmenschlich und teuflisch, daß es sogar diese abgebrühten Menschenjäger mit unbeschreiblichem Entsetzen erfüllte. Sie griffen nicht zu ihren Waffen, ja sie dachten nicht einmal daran; das Grauen dieses schrecklichen Lautes gehörte nicht zu der Art, der man mit Waffen begegnen könnte. Doch ebenso, wie es aus der Stille gekommen war, verebbte es wieder. Nach einem letzten, wie ein Schrei gellenden Gelächter, das beinahe neben ihren Ohren ausgestoßen zu werden schien, verklang es wieder, bis die ersterbenden Laute in der Stille unermeßlicher Entfernung verhallten.

Eine Totenwache

I

In einem der oberen Zimmer eines unbewohnten Hauses in dem Teil von San Franzisko, der als North Beach bekannt ist, lag unter einem Laken der Leichnam eines Mannes. Es war gegen die neunte Abendstunde, und das Zimmer war durch eine Kerze schwach erhellt. Obgleich warmes Wetter herrschte, waren die beiden Fenster entgegen dem Brauch, den Toten viel Luft zu gewähren, geschlossen und die Jalousien heruntergezogen. Die Einrichtung des Zimmers bestand nur aus drei Möbelstücken: einem Lehnstuhl, einem kleinen Lesepult mit der Kerze darauf und einem langen Küchentisch, auf dem der Leichnam des Mannes lag. Dies alles, wie auch der Leichnam, schien erst vor kurzem hereingebracht worden zu sein, denn ein Beobachter – wäre einer dagewesen – hätte gesehen, daß diese Dinge von Staub frei waren, während alles übrige im Raum reichlich damit bedeckt war, und in den vier Zimmerecken gab es auch Spinnweben.

Unter dem Leintuch konnte man die Umrisse des Körpers erkennen, sogar die Gesichtszüge, welche jene unnatürlich scharfe Ausgeprägtheit hatten, die zum Antlitz eines Toten zu gehören scheint, die aber wirklich charakteristisch nur für diejenigen ist, die an einem zehrenden Leiden zugrunde gegangen sind. Aus der Stille des Raumes hätte man mit Recht geschlossen, daß er nicht an der Vorderfront des Hauses, nicht zu einer Straße hin lag. Tatsächlich blickten auch die Fenster nur auf eine hohe Felswand, da die Rückfront des Gebäudes gegen einen Berg gesetzt war.

Als die Glocke einer nahe gelegenen Kirche neun Uhr schlug, mit einer Indolenz, in der so viel Gleichgültigkeit gegen das Fliehen der Zeit lag, daß man sich verwundert fragen mußte, warum die sich überhaupt die Mühe machte zu schlagen, öffnete sich die Zimmertür, ein Mann kam herein und ging zu dem Leichnam hin. Während er dies tat, schloß sich die Tür, offenbar von selber. Es gab ein knirschendes Geräusch, wie von einem Schlüssel, der sich schwer umdrehen läßt, und dann das Schnappen des einrastenden Türschlosses. Draußen im Korridor verhallten Schritte, die sich entfernten, und der Mann war allem Anschein nach ein Gefangener. Einen Moment stand er vor dem Tisch und sah auf die Leiche hinab, dann ging er mit leichtem Achselzucken zu einem der Fenster und zog die Jalousie hoch. Draußen herrschte vollkommene Finsternis, und die Scheiben waren bedeckt von Staub; als er ihn aber wegwischte, konnte er sehen, daß das Fenster mit starken Eisenstäben vergittert war, die das Glas in Abständen von wenigen Zoll überkreuzten und auf beiden Seiten ins Mauerwerk eingelassen waren. Er untersuchte das andere Fenster: es war genauso. Er zeigte kein besonderes Interesse für diese Angelegenheit, nicht einmal so viel, daß er das Fenster öffnete. Wenn er ein Gefangener war, so war er jedenfalls ein fügsamer. Nachdem er die Untersuchung des Raumes beendet hatte, ließ er sich im Lehnstuhl nieder, nahm ein Buch aus der Tasche, zog das Pult mit der Kerze näher und begann zu lesen.

Der Mann war jung, nicht älter als dreißig Jahre, von dunklem Teint, bartlos, und hatte braunes Haar. Sein Gesicht war schmal, mit scharfer Nase und breiter Stirn; Kinn und Kieferpartie waren stark ausgeprägt; was diejenigen, bei denen es auch so ist, für Zeichen von Energie ansehen. Die grauen Augen waren ruhig und immer fest auf ein ganz bestimmtes Ziel gerichtet. Jetzt blickten sie meistens in das Buch, gelegentlich aber wandte er sie dem Körper auf dem Tisch zu, doch offensichtlich weder aus irgendeiner düsteren Faszination, die unter solchen Umständen sogar einen couragierten Menschen hätte befallen, noch in bewußter Auflehnung gegen ein entgegengesetztes Empfinden, das einen furchtsamen Menschen hätte beherrschen können. Er sah ihn an, als ob er beim Lesen auf etwas gestoßen wäre, was ihn an seine Umgebung erinnert hätte. Sicher ließ dieser Totenwächter seine Überlegenheit mit Intelligenz und Haltung walten, wie es seiner wohl würdig war.

Nachdem er etwa eine halbe Stunde gelesen hatte, schien er ans Ende eines Kapitels gekommen zu sein und legte das Buch ruhig beiseite. Dann stand er auf, nahm das Pult vom Boden, trug es in eine Zimmerecke in die Nähe eines der beiden Fenster, ergriff die Kerze und kehrte zu dem Platz am leeren Kamin zurück, vor dem er gesessen hatte.

Einen Augenblick darauf ging er zu dem Leichnam am Tisch hinüber, hob das Laken und zog es vom Kopf weg, wobei er eine Masse von dunklem Haar aufdeckte, sowie ein dünnes Tuch, unter dem die Gesichtszüge sich mit noch deutlicherer Schärfe zeigten als zuvor. Während er die Augen beschattete, indem er seine freie Hand zwischen sich und die Kerze hielt, die ihn blendete, stand er und sah mit ernstem und gelassenem Blick auf seinen reglosen Gefährten. Befriedigt von dieser Inspektion, zog er das Leintuch wieder über das Gesicht, kehrte zu seinem Stuhl zurück und entnahm dem Kerzenständer ein paar Streichhölzer, steckte sie in die

Jackentasche und setzte sich nieder. Dann nahm er die Kerze aus dem Halter und betrachtete sie kritisch, als berechnete er, wie lange sie noch reichen könnte. Sie war gerade noch zwei Zoll lang, und in einer Stunde würde er im Finstern sein. Er steckte sie in den Halter zurück und blies sie aus.

2

In einem ärztlichen Sprechzimmer in der Kearny Street saßen drei Männer um einen Tisch, tranken Punsch und rauchten. Es war spätabends, beinahe schon Mitternacht, und an Punsch hatte es keinen Mangel gegeben. Doktor Helberson, der älteste der drei, war der Gastgeber, und sie befanden sich in seinen Räumen. Er war etwa dreißig Jahre alt, die beiden anderen waren sogar noch jünger, und alle drei waren Mediziner.

»Die abergläubische Furcht der Lebenden vor den Toten«, sagte Doktor Helberson, »ist ererbt und unheilbar. Keiner braucht sich ihrer zu schämen, genausowenig wie beispielsweise der Tatsache, daß er eine Unbegabtheit für Mathematik geerbt hat oder eine Neigung zum Lügen.«

Die anderen lachten. »Soll sich ein Mensch denn nicht schämen, ein Lügner zu sein?« fragte der Jüngste von den dreien, der eigentlich noch Medizinstudent war und noch keinen akademischen Grad hatte.

»Mein lieber Harper, davon habe ich nichts gesagt. Die Neigung zum Lügen ist eine Sache für sich, Lügen eine andere.«

»Aber halten Sie denn dieses abergläubische Gefühl«, sagte der dritte, »diese Furcht vor den Toten, so unvernünftig sie unseres Wissens ist, für ganz allgemein? Ich persönlich bin mir ihrer nicht bewußt.«

»Ach, sie steckt aber in Ihnen drin«, erwiderte Helberson. »Es bedarf nur der richtigen Bedingungen – dessen, was Shakespeare das begünstigende Klima nennt, damit sie sich auf eine recht unangenehme Art zeigt, die Ihnen dann die Augen öffnet. Natürlich sind Mediziner und Soldaten viel eher fast frei davon als andere Leute.«

»Mediziner und Soldaten – warum fügen Sie nicht hinzu: Henker und Scharfrichter? Sagen wir: alles in allem die Kategorie der Mörder.«

»Nein, mein lieber Mentcher. Die Geschworenen lassen die öffentlichen Strafvollstrecker nicht zu genügender Vertrautheit mit dem Tod kommen, um gänzlich unberührt von ihm zu sein.«

Der junge Harper, der sich an einem Seitentischchen mit einer neuen Zigarre bedient hatte, setzte sich wieder auf seinen Platz. »Was würden Sie denn als diejenigen Bedingungen betrachten, unter denen ein vom Weibe geborener Mensch sich in unerträglicher Weise seines individuellen Anteils an unserer allgemeinen Schwäche in dieser Hinsicht bewußt würde?« fragte er etwas weitschweifig.

»Nun, ich würde sagen: wenn ein Mann die ganze Nacht über mit einer Leiche eingesperrt wäre, allein, in einem finsteren Raum eines leerstehenden Hauses, ohne Bettdecken, die er sich über den Kopf ziehen könnte, und das durchhielte, ohne im geringsten überzuschnappen – dann könnte er sich wohl rühmen, weder vom Weibe auf normale Weise geboren noch auch durch einen Kaiserschnitt – wie Macduff – zur Welt gekommen zu sein.«

»Ich dachte schon, Sie würden gar nicht mehr damit aufhören, die Bedingungen zu häufen«, sagte Harper. »Aber ich kenne einen Mann, der weder Mediziner noch Soldat ist und der sie alle akzeptieren wird, darauf wette ich, was Sie wollen.«

»Wer ist denn das?«

»Er heißt Jarette – ein Zugewanderter hier in Kalifornien, kommt aus der gleichen Stadt in New York wie ich. Ich habe nicht das Geld, um auf ihn zu wetten, aber das wird er selber reichlichst besorgen.«

»Woher wissen Sie das?«

»Weil er lieber wetten als essen würde. Und was die Furcht angeht, so wage ich zu behaupten, daß er sie für eine Art Hautkrankheit hält oder möglicherweise auch für eine besondere Sorte religiöser Irrlehre.«

»Wie sieht er aus?« Helberson wurde offensichtlich interessierter.

»Genau wie Mentcher – könnte sein Zwillingsbruder sein.«

»Ich nehme die Wette an«, sagte Helberson bereitwillig.

»Denke, daß ich Ihnen für das Kompliment schrecklich verpflichtet bin«, gähnte Mentcher, der immer müder wurde.

»Kann ich da nicht auch mitmachen?«

»Nicht gegen mich«, sagte Helberson, »nicht Ihr Geld will ich.«

»Schön«, sagte Mentcher, »dann werde ich eben die Leiche spielen.« Die anderen lachten. Das Ergebnis dieses verrückten Gespräches haben wir bereits gesehen.

3

Bei der Schonung seiner mageren Kerzenration war es Mr. Jarettes Absicht, sie für einen unvorhergesehenen Bedarfsfall aufzusparen. Auch mochte er gedacht oder doch halbwegs gedacht haben, daß die Finsternis zur einen Zeit nicht schlimmer sein würde als zu einer anderen und daß es, falls die Situation unerträglich würde, besser wäre, die Möglichkeit zu haben, sie zu erleichtern, oder sogar, sich aus ihr zu befreien. Auf alle Fälle war es klug, eine kleine Lichtreserve zu haben, auch wenn sie nur dazu taugte, daß er auf seine Uhr sehen konnte.

Kaum hatte er die Kerze ausgeblasen und sie neben sich auf den Fußboden gestellt, als er sich auch schon bequem in seinem Sessel zurechtsetzte, sich zurücklehnte und die Augen schloß, in der Hoffnung und Erwartung einzuschlafen. Hierin wurde er enttäuscht. Nie in seinem Leben hatte er sich weniger schläfrig gefühlt, und nach ein paar Minuten gab er den Versuch auf. Was aber sollte er anfangen? Er konnte doch nicht in vollkommener Finsternis herumtappen, auf das Risiko hin, sich irgendwo zu stoßen, auf das Risiko auch, gegen den Tisch zu stolpern und den Toten grob zu stören. Wir alle erkennen ihr Recht an, in Frieden zu ruhen, geschützt vor allem, was roh und gewalttätig ist. Jarette hatte beinahe Erfolg damit, sich einzureden, daß Überlegungen dieser Art ihn davor zurückhielten, die Kollision zu riskieren, und ihn an seinen Sessel festnagelten.

Während er über diese Angelegenheiten nachdachte, bildete er sich ein, aus der Richtung des Tisches ein schwaches Geräusch zu hören – welche Art von Geräusch, hätte er schwerlich erklären können. Er wandte den Kopf nicht um. Warum sollte er auch – in dieser Dunkelheit? Aber er horchte – warum sollte er auch nicht? Und horchend wurde er schwindlig und packte die Armlehnen des Sessels, um sich zu stützen. In seinen Ohren summte ein befremdliches Klingen, sein Kopf schien zu bersten, seine Brust war bedrängt von der Beengung seiner Kleider. Er fragte sich, woher das komme und ob es Symptome der Angst seien. Plötzlich schien seine Brust unter seinem langen, heftigen Ausatmen zusammenzufallen, und mit dem mächtigen, schweren Einatmen, mit dem sich seine erschöpften Lungen wieder füllten, verließ ihn das Schwindelgefühl, und er merkte, daß er dermaßen angestrengt gehorcht hatte, daß er den Atem fast bis zum Ersticken anhielt. Diese Erkenntnis war ihm verdrießlich. Er stand auf, stieß den Stuhl mit dem Fuß beiseite und strebte mit langen Schritten zur Mitte des Zimmers. Aber in der Dunkelheit kommt man auf diese Art nicht sehr weit. Er begann umherzutasten, und als er die Wand gefunden hatte, verfolgte er sie bis zur Zimmerecke, machte eine Wendung, folgte ihr an den beiden Fenstern vorbei, und da, in der nächsten Zimmerecke, stieß er heftig gegen das Lesepult und warf es um. Das Klappern erschreckte ihn. Er war ärgerlich. »Verdammt, wie konnte ich denn vergessen, wo es steht?« brummte er und ertastete sich die dritte Wand entlang den Weg zum Kamin. »Ich muß die Sache wieder in Ordnung bringen«, sagte Mr. Jarette und tastete am Boden nach der Kerze.

Nachdem er sie gefunden hatte, zündete er sie an und richtete den Blick sofort auf den Tisch, wo sich natürlich nicht das mindeste verändert hatte. Das Lesepult lag irgendwo am Boden, er hatte vergessen, daß er es ›in Ordnung bringen‹ wollte. Er sah sich im ganzen Raum um, dessen tiefere Schatten er durch die Bewegungen mit der Kerze zerstreute, und schließlich versuchte er, nachdem er zur Tür hinübergegangen war, sie zu öffnen, indem er mit aller Kraft an dem Griff drehte und zog. Der aber gab nicht nach, was ihm eine gewisse Befriedigung zu gewähren schien. Tatsächlich sicherte er ihn noch zusätzlich durch einen Riegel, den er zuvor nicht bemerkt hatte. Zu seinem Stuhl zurückgekehrt, schaute er auf die Uhr – es war halb zehn. Mit erschreckter Verwunderung hielt er die Uhr ans Ohr. Sie stand keineswegs. Die Kerze war jetzt deutlich kürzer. Wieder löschte er sie und stellte sie wie vorher neben sich auf den Boden.

Mr. Jarette war es nicht behaglich zumute, er war durchaus unzufrieden mit seiner Umgebung und mit sich selbst darüber, daß er das war. ›Was habe ich denn zu fürchten?‹ dachte er. ›Das ist lächerlich und unwürdig. Ich werde doch kein solcher Narr sein?‹ Aber Mut kommt weder, wenn man sagt: ›Ich will mutig sein‹, noch weil man ihn der Gelegenheit angemessen findet. Je mehr Jarette sich selber mißbilligte, um so mehr Grund gab er sich zur Mißbilligung. Je größer die Anzahl der Varianten wurde, die er sich über das Thema von der Harmlosigkeit der Toten vorspielte, um so schlimmer wurde der Mißklang seiner Empfindungen. »Was?« rief er ganz laut in seiner Seelenqual, »soll ich, der keinen Schatten von Aberglauben im Herzen hat, ich, der nicht an die Unsterblichkeit glaubt und der weiß, und zwar noch niemals bestimmter als gerade jetzt, daß das Leben nach dem Tode ein Wunschtraum ist – soll ich etwa meine Wette verlieren und meine Ehre und meine Selbstachtung, womöglich meinen Verstand, weil irgendwelche barbarische Vorfahren, die in Höhlen und Erdlöchern lebten, die monströse Idee ausgeheckt haben, daß die Toten bei Nacht herumwandeln, daß –.« Deutlich und unverkennbar hörte Mr. Jarette hinter sich ein leichtes, weiches Geräusch von Schritten, behutsam, gleichmäßig, näher und näher kommend.

4

Kurz vor Anbruch des nächsten Morgens fuhren Doktor Helberson und sein junger Freund Harper in dem Coupé des Arztes durch die Straßen von North Beach.

»Haben Sie immer noch das Vertrauen der Jugend zur Courage oder Stumpfheit Ihres Freundes?« fragte der Ältere.

»Glauben Sie, daß ich die Wette verloren habe?«

»Das weiß ich sogar«, erwiderte der andere mit entwaffnender Emphase.

»Na jedenfalls hoffe ich es zu Gott.«

Das wurde inbrünstig gesagt, beinahe feierlich. Ein paar Sekunden herrschte Schweigen.

»Harper«, begann der Doktor wieder und schaute sehr ernst in das vorübergleitende Halblicht, das jedesmal in den Wagen fiel, wenn sie eine Straßenlaterne passierten, »mir ist ganz und gar nicht wohl bei dieser Sache. Wenn Ihr Freund mich nicht gereizt hätte durch die verächtliche Art, mit der er meinen Zweifel an seiner Standhaftigkeit abtat – die ja eine rein physische Eigenschaft ist –, und durch die zynische Roheit seines Vorschlags, daß es der Leichnam eines Arztes sein solle, dann hätte ich die Sache nicht länger mitgemacht. Wenn irgend etwas passiert sein sollte, dann sind wir so ruiniert, wie ich fürchte, daß wir es eigentlich auch verdienen.«

»Was kann denn passieren? Selbst wenn die Sache eine ernsthafte Wendung nehmen sollte, was ich nicht im geringsten befürchte, so braucht Mentcher doch weiter nichts zu tun, als ›aufzustehen‹ und alles zu erklären. Mit einer echten Leiche aus dem Seziersaal oder mit einem Ihrer toten Patienten wäre es freilich etwas anderes gewesen.«

Also war Doktor Mentcher seinem Vorsatz treu geblieben: er war die ›Leiche‹.

Doktor Helberson schwieg lange, während der Wagen im Schneckentempo die gleiche Straße entlangschlich, die er schon zwei- oder dreimal durchfahren hatte. Jetzt sprach Helberson von neuem: »Also hoffen wir, daß Mentcher, falls er von den Toten hat auferstehen müssen, sich taktvoll benommen hat. Ein Fehler dabei würde die Dinge schlimmer statt besser machen.«

»Ja«, sagte Harper, »Jarette würde ihn umbringen. Aber, Doktor –«, er sah auf seine Uhr, als der Wagen wieder an einer Gaslaterne vorbeikam, »es ist schon beinahe vier Uhr.«

Einen Augenblick später hatten die beiden das Gefährt verlassen und gingen rasch auf das seit langem unbewohnte Haus zu, das dem Doktor gehörte und in dem sie Mr. Jarette gemäß den Bedingungen der verrückten Wette eingeschlossen hatten. Als sie sich dem Hause näherten, begegneten sie einem rennenden Mann. »Können Sie mir sagen«, rief er, sein Tempo plötzlich mäßigend, »wo ich einen Arzt finden kann?«

»Was ist los?« fragte Helberson zurückhaltend.

»Gehen Sie selber nachsehen«, rief der Mann und rannte davon.

Sie hasteten weiter. Am Hause angelangt, sahen sie mehrere Leute, die rasch und aufgeregt hineingingen, nebenan und gegenüber lehnten sich Köpfe aus ein paar geöffneten Fenstern. Alle stellten Fragen, und keiner beachtete die Fragen der anderen. Hinter einigen Fenstern mit heruntergelassenen Jalousien brannte Licht, weil die Bewohner sich anzogen, um hinunterzugehen. Genau gegenüber der Haustür, zu der sie hinstrebten, warf eine Straßenlaterne gelbes, unzulängliches Licht über die Szene und schien zu sagen, daß sie ein gut Teil mehr enthüllen könnte, wenn sie nur wollte. Harper, der jetzt totenblaß war, blieb an der Türe stehen und legte die Hand auf den Arm seines Begleiters. »Mit uns ist's aus, Doktor«, sagte er in hellster Aufregung, die seltsam zu seinen leichten burschikosen Worten kontrastierte, »das Spiel hat sich gegen uns gewendet. Lassen Sie uns lieber nicht reingehen, ich bin für Vorsicht.«

»Ich bin Arzt«, sagte Doktor Helberson ruhig, »vielleicht wird hier ein Arzt gebraucht.«

Sie gingen die Eingangsstufen hinauf und waren im Begriff einzutreten. Die Haustür stand offen, und eine Laterne der gegenüberliegenden Straßenseite beleuchtete den Flur, auf den die Tür führte. Er war voller Menschen. Einige von ihnen hatten die weiter rückwärts liegende Treppe erklommen und warteten, da sie keinen Einlaß bekamen, auf gut Glück. Alles redete durcheinander, und keiner hörte zu. Plötzlich entstand auf dem oberen Treppenabsatz heftige Bewegung; ein Mensch war aus einer der Türen gedrungen und durchbrach die Behinderung derer, die ihn zurückhalten wollten. Schon kam er mitten durch die Menge der erschreckten Müßiggänger herunter, pufffte sie zur Seite, drückte sie hier platt gegen die Wand, zwang sie dort, sich ans Treppengeländer zu klammern, würgte sie an der Kehle, prügelte wild auf sie ein, schleuderte sie rücklings die Stufen hinunter und trat auf die am Boden Liegenden. Seine Kleider waren zerrissen, er war ohne Hut. In seinem wilden, unsteten Blick lag etwas, was noch erschreckender wirkte als seine anscheinend übermenschliche Körperkraft. Sein glattrasiertes Gesicht war blutleer, seine Haare waren schneeweiß.

Als die Menge, die am Fuß der Treppe mehr Platz hatte, zurückwich, um ihn durchzulassen, sprang Harper herzu. »Jarette! Jarette!« rief er.

Doktor Helberson faßte Harper am Kragen und zog ihn zurück. Der Mann blickte ihnen ins Gesicht, offenbar ohne sie zu sehen, und lief durch die Haustür, die Stufen hinunter, auf die Straße und davon. Ein stämmiger Polizist, der nur langsam vorangekommen war, als er sich die Treppe hinunterkämpfte, folgte ihm kurz darauf und begann die Jagd, und alle Leute in den Fenstern – jetzt nur noch Frauen und Kinder – wiesen ihm schreiend die Richtung.

Da die Menschen auf die Straße hinuntergelaufen waren, um die Flucht und Verfolgung mitanzusehen, war die Treppe jetzt halbwegs frei, und so stieg Doktor Helberson, gefolgt von Harper, zu dem Treppenabsatz hinauf. An einer Tür des oberen Korridors verwehrte ein Beamter den Eintritt. »Wir sind Ärzte«, sagte der Doktor, und sie traten ein. Der Raum war voller Menschen, die nur undeutlich sichtbar waren und sich um einen Tisch drängten. Die Neuangekommenen bahnten sich ihren Weg und blickten über die Schultern derer, die in der vordersten Reihe standen. Auf dem Tisch lag, die unteren Gliedmaßen mit einem Laken bedeckt, der Körper eines Mannes, hell beleuchtet vom Kegel einer Blendlaterne, die ein am Fußende stehender Polizist hielt. Die übrigen Personen, außer denen nahe am Kopfende, auch der Beamte, waren alle im Dunkeln. Das Gesicht der Leiche war gelb, abstoßend, scheußlich. Die Augen waren halb geöffnet und nach oben verdreht und das Kinn heruntergesunken, Spuren von Schaum besudelten die Lippen, das Kinn und die Wangen.

Ein langer Mensch, offensichtlich ein Arzt, beugte sich über den Leichnam und hielt die Hand unter die Hemdbrust. Dann zog er sie heraus und steckte zwei Finger in den offenstehenden Mund. »Der Mann ist seit etwa sechs Stunden tot«, sagte er. »Das ist ein Fall für den Untersuchungsrichter.«

Er zog eine Karte aus der Tasche, händigte sie dem Beamten ein und ging auf die Tür zu.

»Räumen Sie das Zimmer! Alles raus!« rief der Beamte, und die Leiche verschwand, als wäre sie weggezaubert worden, da er die Blendlaterne bewegte und den Lichtkegel hier und dort auf die Gesichter der Menge fallen ließ. Der Effekt war verblüffend. Die Menschen, geblendet, verwirrt, beinahe erschreckt, stürzten in einem Tumult zur Tür, stießen und drängten sich und taumelten einer über den andern, indem sie, wie die Heerscharen der Finsternis vor den Lichtspeeren Apollos, entflohen. Über die sich sträubende, trampelnde Menge ließ der Beamte das Licht unaufhörlich ohne Erbarmen hin- und herzucken. Eingekeilt in den Strom, wurden Helberson und Harper mit aus dem Raum hinaus, die Treppe hinunter und bis auf die Straße geschwemmt.

»Allmächtiger Gott! Doktor, habe ich Ihnen nicht gesagt, daß Jarette ihn umbringen würde?« fragte Harper, sowie sie sich von der Menge entfernt hatten.

»Ich glaube, das haben Sie getan«, antwortete der andere, ohne sich offenbar über diese Äußerung zu wundern.

Sie gingen schweigend weiter, Straße um Straße. Gegen den erblassenden Osten zeichneten sich die Behausungen der Hügelbewohner als Silhouetten ab. Der vertraute Milchwagen war bereits munter in den Straßen unterwegs, bald würde der Bäckerjunge auf der Bildfläche erscheinen, der Zeitungsträger war schon außerhalb der Stadt.

»Es kommt mir so vor, junger Mann«, sagte Helberson, »als ob Sie und ich unlängst zu viel von der Morgenluft abgekriegt hätten. Sie ist unbekömmlich. Wir brauchen eine Abwechslung. Was meinen Sie zu einer Europareise?«

»Wann?«

»Das ist mir ziemlich egal. Ich möchte annehmen, daß heute nachmittag, vier Uhr, früh genug wäre.«

»Wir treffen uns am Schiff«, sagte Harper.

5

Sieben Jahre danach saßen diese beiden Männer auf einer Bank am Madison Square, New York, im vertrauten Gespräch. Ein anderer Mann, der sie, von ihnen unbemerkt, eine Weile beobachtet hatte, ging jetzt auf sie zu und sagte, indem er höflich den Hut von seinen Locken zog, die weiß wie Schnee waren: »Ich bitte um Verzeihung, meine Herren, aber wenn man einen Menschen dadurch umgebracht hat, daß man selber zum Leben erwachte, so ist es am besten, man tauscht die Kleider mit ihm und macht bei der ersten Gelegenheit einen Ausbruchsversuch, um in Freiheit zu kommen.«

Helberson und Harper wechselten bedeutungsvolle Blicke. Sie waren anscheinend belustigt. Dann sah Helberson dem Fremden freundlich in die Augen und entgegnete:

»Das war schon immer mein Plan. Ich stimme völlig mit Ihnen überein hinsichtlich der Vorteile –«

Plötzlich hielt er inne, sprang auf und wurde totenbleich. Er starrte den Menschen offenen Mundes an und zitterte sichtlich.

»Oh«, sagte der Fremde, »ich sehe, Sie fühlen sich nicht

wohl, Doktor? Wenn Sie sich nicht selber behandeln können, so bin ich sicher, daß Doktor Harper Ihnen helfen kann.«

»Wer, zum Teufel, sind Sie?« fragte Harper barsch.

Der Fremde trat näher, und während er sich zu ihnen beugte, sagte er flüsternd: »Manchmal nenne ich mich Jarette, aber aus alter Freundschaft will ich Ihnen verraten, daß ich Doktor William Mentcher bin.«

Diese Enthüllung brachte auch Harper auf die Füße. »Mentcher!« rief er, und Helberson fügte hinzu: »Bei Gott, es ist wahr!«

»Ja«, sagte der Fremde, unbestimmt lächelnd, »es ist gewiß wahr, kein Zweifel.«

Er zögerte und schien den Versuch zu machen, sich an etwas zu erinnern, begann aber dann, einen populären Schlager zu summen. Offenbar hatte er ihre Gegenwart vergessen.

»Hören Sie, Mentcher«, sagte der Ältere der beiden, »erzählen Sie uns genau, was in jener Nacht passiert ist – mit Jarette, Sie wissen doch!«

»Ach ja, das mit Jarette«, sagte der andere. »Ist doch komisch, daß ich unterlassen habe, es Ihnen zu erzählen – ich erzähle es doch so oft! Also sehen Sie – ich wußte, weil ich ihn laut mit sich selber reden hörte, daß er ganz hübsch Angst hatte. Da konnte ich der Versuchung nicht widerstehen, wieder lebendig zu werden und mir auf seine Kosten ein bißchen Spaß zu verschaffen – ich konnte einfach nicht anders. Und das gelang auch, obwohl ich bestimmt nicht dachte, daß er es so ernst nehmen würde, wahrhaftig, das hatte ich nicht gedacht. Und nachher – na ja, es war eine harte Aufgabe, die Rolle mit ihm zu tauschen, und dann – Gott verdamm euch! Ihr habt mich ja nicht rausgelassen.«

Nichts hätte die Grausamkeit überbieten können, mit der diese letzten Worte ausgestoßen wurden. Beide Männer schraken bestürzt zurück.

»Wir? Aber wieso – wieso denn –«, stammelte Helberson, völlig die Selbstbeherrschung verlierend, »wir hatten doch nichts damit zu tun!«

»Hab ich denn nicht gesagt, Sie wären die Ärzte Hellborn und Sharper?« erkundigte sich der Irre lachend.

»Mein Name ist Helberson, ja, und dieser Herr hier ist Mr. Harper«, antwortete der erstere, durch das Lachen Mentchers beruhigt. »Aber wir sind keine Ärzte mehr. Wir sind – na ja, zum Henker damit, lieber Freund – wir sind Spieler.«

Und das war die Wahrheit.

»Ein sehr guter Beruf, wirklich sehr gut. Übrigens – ich hoffe, Sharper hat Jarettes Geld ausbezahlt wie ein ehrlicher Bankhalter? Ein sehr guter, ehrenhafter Beruf«, wiederholte er nachdenklich, indem er sich zerstreut entfernte, »aber ich, ich bleibe bei meinem früheren. Ich bin Erster Offizial der medizinischen Behörde im Bloomingdale-Irrenhaus. Ich habe das Amt, den Oberaufseher zu kurieren.«

Zu dieser Ausgabe

Die Erzählungen dieser Ausgabe wurden folgenden Bänden entnommen:

»Eine Straße im Mondschein«, »Die Brücke über den Eulenfluß«, »Chickamauga«, »Eine Mittelzehe des rechten Fußes« und »Eine Totenwache« aus:
Ambrose Bierce, *Das Spukhaus und andere Gespenstergeschichten*. Aus dem Amerikanischen von Gisela Günther, Anneliese Strauß und Karl Bruno Leder. Insel Verlag Frankfurt am Main und Leipzig 2004. © Insel Verlag Frankfurt am Main 1969.

»Moxons Herr und Meister«, »Ein Grab ohne Boden« und »Hundeöl« aus:
Ambrose Bierce, *Mein Lieblingsmord und andere Erzählungen*. Übertragen von Gisela Günther. © Insel Verlag Frankfurt am Main 1963.

»Der Zwilling«, »Das Geheimnis von Macargers Schlucht« und »Der Tod von Halpin Frayser« aus:
Ambrose Bierce, *Der Mönch und die Henkerstochter*. Aus dem Amerikanischen von Karl Bruno Leder, Gerd Leetz und M. S. Arnemann. © Insel Verlag Frankfurt am Main und Leipzig 1990.